책 사냥꾼의
도서관

책 사냥꾼의 도서관

The Library

앤드루 랭·오스틴 돕슨 지음

지여울 옮김

글항아리

'권두 삽화', 월터 크레인 그림, 스웨인 새김.

일러두기

· 이 책은 *The Library*, Andrew Lang, Macmillan & Co. Ltd., London, 1881을 완역한 것이다.
· 원서에서 이탤릭체로 강조한 내용은 고딕체로 표시했다.
· '원주'로 표기된 것 외의 주와 설명은 모두 옮긴이의 것이다.

『랩과 친구들』[1]의 저자 존 브라운 박사에게

<hr>

1   존 브라운이 쓴 유명한 단편으로 마스티프종 반려견 랩과 그의 주인
인 제임스의 이야기를 다룬 책이다.

책을 시작하기에 앞서

이 책에서 채식彩飾본과 필사본을 다룬 글은 (뷔시 라 뷔탱과 쥘리 드 랑부예를 둘러싼 몇몇 일화를 제외하고는) 로프티 목사의 손을 빌렸다. 목사는 또한 초기의 인쇄본을 다룬 내용(153~156쪽)을 썼다. 책 도둑을 다룬 부분(84~98쪽)은 『새터데이 리뷰Saturday Review』에 실렸던 내용을 아량 넓은 편집자의 허락을 받고 다시 내게 된 것이다. 고서 노점상의 도덕적 교훈에 대한 글 또한 같은 잡지에 실린 에세이에서 발췌하였다.

엑서터대학의 교수이자 최근 보들리도서관의 부관장으로 취임한 잉그램 바이워터는 친절한 마음으로 1~3장의 교정을 봐주고 몇 가지 대안을 제시해주었다.

또한 올솔스칼리지의 뷰캐넌 교수에게도 감사의 마음

을 전해야 한다. 그는 자신의 『올솔스도서관의 장정Book Bindings in All Souls Library』(개인 소장용으로 출간되었다)에서 전면 삽화 두 점을 빌려주는 친절을 베풀었다. 이 삽화 두 점은 와일드가 그리고 채색한 아름다운 작품이다. 또한 마지막 장에 수록된 목판화를 사용하도록 허락해준 조지벨앤드선스와 브래드버리애그뉴, 샤토앤드윈더스 출판사 여러분께도 감사의 말을 전한다.

앤드루 랭

책이라네, 책, 그리고 다시 한번 책이라네.

책은 우리의 주제라네, 미친 짓이라 악담하는 이들도 있다만,

그래서 책을 대수롭지 않게 여기기도 한다만,

큰 책이든 작은 책이든 상관도 안 하고 말이지.

하지만 그대, 서가와 서점의 노예여!

다 해진 2절판 책을 품에 안고 있는 그대를 위해 노래하리라.

"그 작고 진귀한 책, 고색창연한 그 책"을 칭송하리라.

오스틴 돕슨

1장
책 사냥꾼을 위한 변명

디브딘 박사는 "사람은 누구나 자신만의 도서관 사서가 되고 싶어한다"고 말했다. 도서관을 주제로 책을 쓰는 저자라면, 아무리 경험이 없는 수집가에게라도 응당 수집해야 하는 책의 법도가 무엇인지에 대해 이러쿵저러쿵해서는 안 된다.

물론 문학을 사랑하는 이들에게 없어서는 안 될 책이 있다. 고대와 현대의 고전들, 세계가 이미 그 가치를 인정한 책들이다. 이런 책은 어떤 판본으로 갖고 있든 간에 책 수집에 필수불가결한 토대다. 장서의 규모가 아무리 작다 해도 마찬가지다. 호메로스, 단테와 밀턴, 셰익스피어와 소포클레스, 아리스토파네스와 몰리에르, 투키디데스, 타키투스에 더해 기번, 스위프트, 스콧에 이르기까지, 활자를 사랑하는 사람이라면 마땅히 이 작가들의 작품을 원서 혹은 번역서로 소장하고 싶어할 것이다. 이런 고전의 목록은 실제로 그리 길지 않다. 그리고 여기서 한 걸음 더 나아갈 때 사람들의 취향은 그야말로 폭넓게 갈라지기 시작한다. 스콧이 어린 시절 사들인 브로드시트판의 이야기시와 스크랩북 등의 수집품들은 시인과 마법사, 연금술사와 이야기꾼의 작품으로 풍성한 스콧 장서의 씨앗이 되었다. 연극 속 인물들이 등장하는 채색 판화를 좋아하는 어린아이다운 취향으로부터 더스나 멀론, 쿠쟁이 가진 무대 예술 수집품 등이 탄생하기도 한다.

인류 역사의 한 시대를 연구하는 이들, 인류가 배출한 천재들의 과거 시절이나 작품을 연구하는 이들은 다른 수집가에게는 쓰레기처럼 보일 법한 당시의 하찮은 책들을 열성적으로 수집할 것이다. 이를테면 몰리에르를 연구하는 학자에게 『재녀들이 사는 왕국의 지도La Carte du Royaume des Précieuses』와 마주치는 일은 그야말로 행운일 테다. 이 책은 작가가 그 유명한 작품인 『웃음거리 재녀들Les Précieuses Ridicules』을 쓰기 1년 전에 발표된 지리학 소논문이다. 『웃음거리 재녀들』에서 마들롱은 마스카리유가 등장할 무렵 『작품 선집Recueil des

Pièces Choisies』의 저자들을 만날 생각에 마음이 부풀어 있는데, 이 소논문은 바로 그『작품 선집』에 수록된 것이다.[2]

호러스 월폴이 '세렌디피티serendipity'라고 이름 붙인 능력이 있다. 이 단어는 바로 그 순간 자신이 바라 마지않던 문학작품을 발견하는 행운을 뜻한다. 별스러운 취향을 지닌 책 수집가들은 모두 세렌디피티의 즐거움을 알고 있지만, 이 즐거움을 각기 다른 방식으로 향유한다. 어떤 이는 설교집 한 권을 품에 안고 집으로 돌아가며 다른 이는 커다란 도서 목록 꾸러미를 들고 집으로 향한다. 그 덕분에 책을 넣기 위한 목적으로 만들어진 품 넓은 군용 외투의 주머니가 한층 늘어났을 것이다. 이런 외투는 샤를 노디에가 책 사냥을 나설 때 입곤 했던 것이다. 다른 이들은 고딕체로 인쇄된 책에 매료되고 또 다른 이들은 내비스나 글랩손처럼 이름이 알려지지 않은 작가의 희곡에 사로잡힌다.

책을 수집하는 취향은 각양각색이지만 모두 한 가지에서만은 의견을 함께한다. 바로 활자가 인쇄된 종이에

2　『웃음거리 재녀들』의 등장인물 마들롱은 시골 출신이지만 파리 사교계의 문화인 프레시오지테를 동경하다가 하인인 마스카리유에게 속아 망신을 당한다. 연극에서 이『작품 선집』은 이런 마들롱의 지적 허영심을 보여주는 소품으로 사용된다.

대한 애정이다. 엘제비어판Elzevir판[3]만을 선호하는 수집가라도 찰스 램이 "코번트가든에 있는 바커의 서적상에서 집까지 무겁게 들고 온 보몬트와 플레처[4]의 폴리오판[5]"에 대한 애착에는 충분히 공감할 수 있을 것이다. 그러나 램이 "셰익스피어의 폴리오판 초판본에는 관심이 없다"고 말한 것은 또 별개의 문제로 보아야 한다. 이런 말을 내뱉을 수 있는 애서가는 실로 무슨 말이든 지껄일 수 있는 법이다.

그러나 책 수집이라는 분야 안에서는 문학적 가치와는 상관없이 모든 수집가가 소유하고 싶어하는 책들이 있다. 자신의 장서가 아니라면 동료의 장서를 위해서라도 손에 넣고 싶어하는, 그야말로 진귀한 보물들이다. 호기심을 자극하는 특징 때문에, 활자나 종이 자체의 아름다움 혹은 그 장정이나 삽화의 아름다움 때문에, 과거 유명한 인물과의 인연 때문에, 그 희귀함 때문에 귀하게 여겨지는 책들이다. 여기서는 바로 이런 책에 관해 이야기하려 한다. 이제부터 이런 책을 보존하는 방법

---

3 네덜란드의 인쇄업자 루이스 엘제비어가 찍어낸 판본을 가리킨다. 주머니에 들어가는 작은 판형에 낮은 가격의 책으로, 현대 문고판의 효시라고 알려져 있다.
4 두 사람 다 영국의 극작가로, 공동 작업으로 연극을 썼다.
5 2절판을 의미한다.

에 대해서, 책의 적들에 대해서, 이런 책을 어디에서 사냥해야 하는지에 대해서 이야기를 풀어갈 참이다. 엄격하게 구분하자면 이 주제는 예술에 관한 취미보다 희귀함에 관한 취미와 좀더 가깝게 연결된다고 볼 수 있다. 문학보다는 책 자체에 초점을 맞출 것이며 비평보다는 서지학, 즉 문학을 향한 예스러운 가정교사duenna에 중점을 두어 이야기하려 한다. 얼핏 지루한 주제이지만 재미가 전혀 없지는 않을 것이다. 그리고 우선 프랑스 작가들의 표현과 일화를 너무 자주 빌려 쓰는 일을 사과하고 넘어가려 한다. 이는 테니스와 펜싱에서 프랑스어로 된 용어를 사용하는 것과 마찬가지로 어쩔 수 없는 일이다.

책을 책으로서 사랑하는 서지학이라는 분야에서, 프랑스는 여전히 테니스나 펜싱에서 그러하듯이 유럽의 스승 자리를 고수하고 있다. 에드워드 3세의 법관이었던 버리의 리처드[6]는 저서 『필로비블론The Philobiblon』[7]에서 이 문제를 이렇게 표현했다. "시온의 신 중의 신이시여! 파리로 향할 기회가 올 때마다 휘몰아치는 기쁨의 물결

6 13-14세기 영국의 성직자이자 작가로, 영국에서는 최초의 책 수집가로도 알려져 있다.
7 배움과 책에 대한 사랑을 쓴 책으로 사서에 대한 내용을 깊이 있게 다룬 최초의 책으로 알려져 있다.

이 내 마음을 적시는구나! 파리에서 보내는 나날은 언제나 짧게 느껴진다. 그 섬세하고 향기로운 서가에는 참으로 매혹적인 장서들이 있다."

단테도 이렇게 썼다.

파리에서 빛을 발한다고
일컬어지는 예술

또한 프랑스는 필경과 인쇄, 책의 장정 같은 예술 분야가 가장 훌륭한 솜씨를 발휘하는 곳이다. 프랑스는 독일과 이탈리아로부터 배운 경험을 한층 갈고닦아왔다. 책을 다룬 책이 영국에서 한 권 출간되는 동안 파리에서는 스무 권이 집필되고 있다. 우리 영국에서 디브딘은 이미 시대에 뒤처졌고(디브딘의 『장서광Bibliomania』 제2판이 출간된 것은 1811년의 일이다) 힐 버턴의 재기발랄한 『책 사냥꾼Book-hunter』(에든버러, 블랙우드출판사, 1862)은 절판되었다. 그동안 프랑스에서는 무척이나 성실한 브뤼네부터 예스러운 상상력의 노디에, 재치 넘치는 자냉, 그리고 언제나 재미있는 애서가 자코브[8]에 이르기까지 진

---

8   프랑스 작가 폴 라크루아를 뜻한다. 애서가 자코브라는 필명으로 더 잘 알려져 있다.

지하고 가벼운 작가 모두가 책과 필사본, 판화와 판본, 장정에 대해 글을 써왔으며 지금도 한창 쓰고 있다. 그 결과 프랑스의 희귀본은 영국에서 언제나 인기를 끌고 있으며 모든 서적상의 도서 목록에서 찾아볼 수 있다. 그러나 대륙에서는 우리 영국의 진귀하거나 아름다운 책, 또는 오래된 책이나 새 책 모두에 대해 이렇다 할 관심을 갖지 않는다.

수집가가 명심해둬야 할 게 있다. 프랑스 희귀본을 '어쩌다 보니' 싼값에 구할 수 있었다고 치자. 생각이 깊은 수집가라면 그 책을 프랑스에서도 솜씨 좋은 장인에게 보내 장정을 맡기려 할 것이다. 그렇게 하면 혹시 '불행한 운명의 날'이 도래하여 장서가 이리저리 산산조각으로 흩어지더라도 책의 가치가 무사히 지켜질 수 있을지 모른다. 그런데 프랑스에서는 우리 영국의 장정을 달갑게 여기지 않는다. 영국인은 로르티크나 카페[9]의 작품에 대해서 아무런 편견을 지니고 있지 않지만 프랑스인은 그 반대다. 이런 사정에 더해, 모든 작가는 자신이 연구하는 분야의 책들과 가까워질 수밖에 없다는 이유만으로도 프랑스 전문가들의 인용은 앞으로 자주 등장하

---

9   모두 프랑스의 유명한 장정기술자들이다.

게 될 것이다.

이 사과의 말 뒤로 책 수집이라는 취미와 열정 때문에 '책벌레'나 '책 사냥꾼'이라는 차별적인 이름으로 알려진 사람들에 관하여 짧게나마 변호의 말을 덧붙이려한다. 단지 책을 사랑할 뿐인 애서가들의 단순한 즐거움은 성미가 고약하고 경박한 비평가 무리의 공격 대상이 되고 있다. 비평가는 자신에게 없는 취향이 다른 사람에게 있는 것을 용납하지 못하는 인종이다. 실제로 최근에 새로 출간된 중요한 책들은 고급 종이에 인쇄되었다는 이유로 비난받고 있으며, 한 역사 논문은 그 중요한 가치에도 불구하고 외관이 단정하고 깔끔하다는 이유로 비평가들의 분노에 찬 공격을 받고 있다. 새 책에 대해서도 이런 식으로 생각하는 비평가들은 당연히 책의 '여백'이나 '상태'를 따져대며, 오래된 책의 초기 판본을 찾아다니는 사람들을 용납하지 못한다.

적이 마음을 돌려주기를 바랄 수 없는 상황이지만, 그렇다고 적들이 시끄럽게 떠드는 소리에 구태여 방해받을 필요도 없다. 어떤 취미든 간에 결국 취미를 지닌 사람이 더 행복하기 마련이다. 그 취미가 성경에 나오는 악마처럼 우리 영혼을 빼앗아갈 리도 만무하다. 현명한 수집가들은 책을 찾아다니는 과정에서 무언가를 배우는 한편 즐거움도 만끽한다. 그리고 장기적인 안목으로 본다면 수집가와 그 가족들의 재산이 축나는 것도 아니다. 이 도락은 상당히 괜찮은 투자가 될 가능성도 있다.

다만 책 수집을 통해 이익을 남기는 문제에 관해서는 힐 버턴이 『책 사냥꾼』에서 아주 분명하게 밝힌 바 있다. "돈이 목적이라면 차라리 투기를 하거나 구두쇠가 되어라. (…) 정말로 급박하고 필요한 상황이 아닌 이상, 모름지기 책 수집가라면 자신의 보물 중 어떤 것도 남에게 넘겨서는 안 된다. 또한 정치철학자들이 돈의 발명 이전까지 인류가 사용했던 보편적인 기략이라 부른 관습, 즉 물물교환에 의지해서도 안 될 일이다. 시장에서의 업무는 오직 구입으로 제한되어야 한다. 신사 수집가들이 책을 사고파는 일에서는 어떤 좋은 결과도 나올 리 없다." 이견이 있을 수 있지만 이 문제에 대해서는 힐 버턴의 의견이 가장 합리적으로 들린다. 물론 수집가가 책을 사는 데 쓰는 돈이 완전히 없어지는 것은 아니라고 생각할 수 있다. 또한 수집가가 책 수집이라는 도락에 몰두했다는 이유로 그 가족이 반드시 가난해질 필요는 없으며 오히려 한층 더 부유해질 수도 있다.

그러나 투자자로서 주식을 사듯 책을 사는 일, 기회가 오는 즉시 이익을 챙겨 되팔기 위해 책을 사는 일은 전혀 다른 문제다. 반면 초보 수집가들이 터무니없이 커다란 희망에 빠지지 않도록 경고하는 일 역시 필요하다. 초보 수집가들은 책을 살 때 반드시 경험을 함께 사야 한다. 처음 구입한 책들은 대개 실망스럽기 마련이다. 많은 초보 수집가는 1635년판 『카이사르Caesar』에 큰돈을 치르려 할 것이다. 하지만 그 책은 쪽 매김에 실수가 '없는' 판본이므로 큰돈을 낼 가치가 없을 가능성이 높다. 이런 일은 초보자들이 저지르기 쉬운 실수의 흔한 예일 뿐이다. 책 수집은 스포츠로서의 수렵 분야와 비슷하다. 처음에는 겨냥이 확실하지 않으므로 초보자는 초조해하기 마련이며, 마치 낚시에서처럼 너무 서둘러 (흥정을) '낚아채기' 일쑤다.

나는 종종 책 수집의 즐거움과 수렵의 즐거움이 서로 닮아 있다고 생각한다. 책 수집은 "책 사냥"이라 불리기도 하며 옛 라틴어 구절에는 "이 숲에서의 추적은 절대 싫증나지 않는다"는 말도 있다. 그러나 책 수집은 낚시에 비유되는 쪽이 한층 더 적절하다. 책 수집가는 낚시꾼이 트위드강 가나 스페이강 변을 거닐듯 런던과 파리의 거리를 소요한다. 책 수집가는 여러 위풍당당한 고서점을 지나친다. 쿼리치 씨와 투비 씨, 퐁텐 씨의 서점 같은 곳이다. 파사주 데 파노라마에 위치한 으리으리한 모르강과 파투 서점도 있다. 이곳에서 나는 항상 헝가리에서 제일가는 장서에 둘러싸인 브라시카누스[10]가 된 듯한 기분에 휩싸인다. "도서관에 있는 것이 아니다, 유피테르의 품 안에 있는 것이다non in Bibliotheca, sed in gremio Jovis." 이런 사유지에서 낚싯대를 던져볼 기회가 누구에게나 주어지는 것은 아니다. 이런 곳들은 공작이나 백만장자만을 위한 장소다. 분명 옛 록스버러의 공작은 세상에서 가장 행복한 사람이었을 것이다. 공작 앞으로는 최고의 서점과 경매장, 그리고 플로어스성의 그 유명한 연어가 거슬러 올라가는 강들이 모두 활짝 열려 있었으며, 공작은 책 수집과 낚시라는 두 분야에서 모두 최고의 것들만 마음껏 누렸다.

한편 좀더 소박한 노점과 눈에 잘 띄지 않는 연못이 있는, 작은 지류 같은 거리들이 있다. 검소한 책 낚시꾼들이 엘제비어판이나 옛 프랑스 희곡, 셸리의 초판본, 왕정복고 시대의 희극을 낚아올리기를 기대해볼 법한 곳이다. 이런 기대는 대개 충족되지 못한다. 그러나 존 마스턴의 시집 진본이라든가 토머스 러벌 베도스의 『사랑의 독화살Love's Arrow Poisoned』, 뱅크스의 『귀신 들린 붉

---

10   16세기 합스부르크 왕가의 자문관이다.

은 말Bay Horse in a Trance』, 알렉산더 로스의『멜 헬리코니쿰Mel Heliconicum』,『왕의 시중인 카오르 사람 클레망 마로의 작품집Les Oeuvres de Clement Marot, de Cahors, Vallet de Chambre du Roy』(파리, 피에르 고티에 펴냄, 1551) 같은 진귀한 책들을 획득하는 재미를 단 한 번이라도 맛본다면, 이런 유의 책을 손에 넣을 가능성만으로도 수집가의 사그라지는 열정은 다시금 활활 타오를 것이며 진흙 구렁의 런던 거리를 산책하는 즐거움이 하나 더 늘어날 것이다. 그러다『헨리 4세의 연애사와 야사Histoire des Amours de Henry IV, et autres pieces curieuses』(레이던, 장 상빅스 펴냄, 엘제비어판,[11] 1664)를 2실링 정도에 구했다고 해보자. 퐁텐의 도서 목록에 따르면 이는 결코 나쁜 가격이 아니다. 퐁텐은 같은 책에 10파운드라는 값을 매기고 있기 때문이다. 초보 수집가는 그 책을 팔아볼 시도는 전혀 하지 않은 채 굉장히 운이 좋았다고만 생각할 것이다. 그러나 초보 수집가의 생각이 결코 미치지 못하는 점은 책의 시장 가격이 책의 상태―얼룩 없이 하얀 책장과 널찍한 여백―에 따라 결정된다는 사실이다.

---

11 장 상빅스는 장 엘제비어와 다니엘 엘제비어가 쓰던 가명이다. 엘제비어가에서는 해적판이나 종교적으로 문제가 있는 서적을 펴낼 때 가명을 사용했다.

일단 수익에 대한 가장 기본적인 생각을 옆으로 제쳐 둔다면, 고서적 노점에서 벌어지는 사냥은 다채로운 재미와 매력으로 가득하다. 런던에서는 대영박물관과 스트랜드 거리 사이로 얼기설기 어지럽게 펼쳐진 교차로에서 이 사냥을 즐길 수 있다. 또한 수집가가 스스로 찾아내야만 하는, 한층 덜 알려지고 사냥꾼의 발길이 드문 사냥터도 있다. 가령 파리에는 길게 뻗어 있는 강변길 quais을 따라 늘어선 80여 곳의 부키니스트bouquinistes, 즉 고서적 노점들이 센강 둑 담벼락 위에 책 상자를 내놓고 있다. 가끔은 작은 시골 마을의 중고 가구 창고에서 진귀하고 값비싼 책이 발견되기도 한다. 이는 역사가 오래된 나라에 사는 장점 가운데 하나다. 반면 식민지는 수집가의 보금자리가 되기 어렵다. 나는 호주 멜버른의 한 애서가가 아주 진귀한 초기 작품을 구했다며 기뻐하는 모습을 본 적이 있었다. 초기 작품이라는 그 서적은 잭슨만[12]의 역사에 대한 책이었다! 참으로 빈곤한 사냥터가 아닐 수 없다.

그러나 유럽에서는 수집가들이 원할 때면 언제든 시

---

12 시드니에 있는 만으로 세계 3대 천연항의 하나이며 시드니하버라고도 알려져 있다. 잭슨만이 발견되어 이름이 붙여진 것은 18세기 말의 일로, 저자는 그 짧은 역사에 한탄하고 있다.

내로 나와서 자신의 취미를 즐길 수 있다. 희망이라는 찬란한 유령은 언제까지고 이들을 유혹한다. 수집가라면 누구나 자신의 굉장한 행운과 대단한 발견에 관한 이야기를 가지고 있다. 레스베크가 쓴 『파리 강변을 따라가는 문학 여행Voyages Littéraires sur les Quais de Paris』(파리, 뒤랑출판사, 1857)은 책 사냥에 전혀 관심이 없는 영혼마저 개종시킬 만한 책이다. 이 책에는 레스베크와 그 친구들이 누린 놀라운 행운의 이야기들이 수록되어 있다. 레스베크의 친구인 A. M. N은 오래전 인기가 사그라진 영국 시인 가스의 「진료소Dispensary」가 몰리에르의 진본 희곡 여섯 편과 함께 장정되어 있는 책을 발견했다(이는 아마도 수백 파운드의 가치가 있을 것이다). 실제로 '잡문집'이나 '에세이집' 혹은 그 비슷한 제목이 붙은 책들은 한번 조사해볼 가치가 있다. 스너피 데이비[13]도 잘 알고 있는 일이지만 교과서의 닳아빠진 양피지 안에서 보물이 발견되기도 한다. 전혀 얼토당토않은 장소에서 발견되는 책들도 있다. 포지오는 목재상의 판매대에서 『쿠인틸리아누스Quintilian』를 구출해내기도 했다.

파리에서 책 사냥을 나서기 가장 좋은 시간은 이른

---

13   월터 스콧의 소설 『골동품 수집가The Antiquary』에 나오는 등장인물이다.

아침이다. 소위 낚시꾼들이 말하는 "물때"는 오전 일곱 시 반부터 아홉 시 반까지 "열린다". 고서적 노점상들은 바로 이 시간에 새로운 책을 꺼내 진열하기 시작하며, 한층 규모가 큰 고서적상의 대리인들은 노점을 찾아 가치가 있음 직한 책을 모두 골라간다. 이 고서적상의 대리인들은 아마추어 책 사냥꾼의 즐거움을 망치는 주범이다. 이들은 전국의 모든 고서적상의 도서 목록을 예의 주시하다가 팔릴 만한 가치가 있다 싶은 책을 전부 잡아챈 다음, 실링 단위였던 값을 파운드 단위로 바꾸어 팔아치운다.

레스베크는 두 고서적상이 이미 뒤지고 난 상자 안에서 라로슈푸코의 『격언집Maxims』 초판본을 발견한 적이 있다고 자신의 책에서 맹세코 주장했다. 또한 이 수집가는 장 드 라브뤼예르의 진본 일체를 짧은 시간 안에 모아들이기도 했으며 심지어 『프랑스 과자장인Pâtissier Français』의 엘제비어판을 한 부에 6수라는 싼값으로 구하기도 했다. 이 엘제비어판 요리책의 인쇄 상태가 그리 좋지 않은 판본은 최근 600파운드에 팔렸다. 스너피 데이비의 『체스 시합Game of Chess』 일화[14]도 레스베크의

---

[14] 『골동품 수집가』에서 스너피 데이비는 영국에서 최초로 출간된 책인 『체스 시합』을 단돈 2펜스에 구입한다.

행운 앞에서는 빛이 바랜다. 이런 행운을 기대할 수 있는 수집가는 1000명 중 한 명도 채 되지 않을 것이다.

그런데 최근 한 대학생이 고서 노점상에서 펄럭이는 종이 몇 장을 닳아빠진 실로 한데 엮어놓은 책을 한 권 발견했다. 노점을 지키던 노파는 셰익스피어의 『존 왕』의 4절판 진본에 1실링도 채 받으려 하지 않았다. 수집가들 사이에서 떠도는 이런 이야기들은 다른 이들로 하여금 희망의 끈을 놓을 수 없게 만든다. 독자들이 지나친 희망에 부풀지 않도록, 여기서 필자의 경험을 한 가지 덧붙이려 한다. 필자에게 일어났던 유일한 뜻밖의 횡재trouvaille는 헛장에 레옹 강베타의 이름이 적힌, 상태가 깨끗한 1844년 판본의 『기독교인의 하루La Journée Chrétienne』 한 권뿐이었다. 진귀한 책들은 하루하루 시간이 지남에 따라 한층 더 진귀해지고 있으며 4펜스 상자[15]의 바닥에 남아 있는 것은 대개 희망뿐이다. 그러나 파리의 책 사냥꾼은 사냥을 포기하지 않는다.

경쟁이 가장 수그러드는 8월은 책 사냥꾼이 가장 좋아하는 달이다. 파리 시내에는 사람이 거의 남아 있지 않다. 누군들 어정거리며 돌아다니고 싶어지는 날씨도

---

15 선별하여 팔 가치가 없어 일괄 4펜스의 값을 붙여 파는 책들이 든 상자를 말한다.

아니다. 책을 파는 이들도 나른해져 골치 아프게 흥정을 벌이려 하지 않는다. 영국인들은 일렬로 늘어선 먼지 쌓인 책 상자 옆에서 시간을 지체하지 않고 발길을 재촉해 노점을 지나친다. 열기 때문에 수집가는 일사병에 걸릴 수도 있다. 책 사냥꾼에 대한 이야기시ballade에서 옥타브 우잔[16]은 "고서적 애호가bouquineurs는 대담하고 침착하게 발걸음을 옮기며, 희망으로 가득 차 기꺼운 마음으로 거리를 배회하는구나"라고 읊었다. 강한 햇살 때문에 갈색 송아지 가죽으로 장정된 표지에 주름이 잡히고 책장이 쩍쩍 갈라진다. 4절판 책의 표지 위에서 달걀을 익혀 먹을 수 있을 정도다. 대학의 돔 지붕은 햇살을 받아 반짝거리고, 생기라고는 없는 나무가 말라 시들어가면서 나뭇잎은 점점 적회색으로 변한다. 더운 바람이 거리 사이를 희미하게 누빈다. 하지만 커다란 양산으로 무장한 책 사냥꾼은 더위와 햇살 모두 두렵지 않다. 책 사냥꾼은 남의 구역을 침범하는 밀렵꾼에게 훼방을 받지 않으며 사냥의 즐거움을 만끽한다. 사슴을 쫓는 사냥꾼이 나무 그늘 하나 없는 산비탈의 더위에 개의치 않는 것처럼 책 사냥꾼도 더위 따위는 안중에 없다.

---

16 19세기 프랑스의 애서가이자 작가, 인쇄업자다.

고서적 노점에는 희귀본은 남아 있지 않을지언정 교훈만은 가득하다. 식어버린 애정, 부서진 우정, 깨진 포부, 이 모든 것이 4펜스짜리 책 상자에 담겨 있다. 여기에는 저자가 자신의 "스승"이던 시인에게 긍지를 담아 바쳤던 책과 자신이 두려워하던 평론가와 서로 존중하며 사귀었던 벗에게 선물했던 책들이 있다. 평론가는 책장을 잘라보지도 않았으며 시인은 엄지와 검지로 성의 없이, 그것도 고작 두세 장만을 찢듯이 잘라냈을 뿐이다.[17] 사이가 멀어진 벗은 시인 친구의 책을 도서실 구석에 처박아두었다가 심판의 날, 즉 대청소의 날에 꺼내서 처분했다.

지루한 책을 증오하는 니콜라 부알로의 견해에 동조하던 한 박식한 성직자가 세상을 떠난 뒤, 그의 장서를 처분하는 자리가 마련된 적이 있다. 그의 문학적 친우들은 피해야 할 자리였을 것이다. 이 주교는 자신이 선물 받았던 모든 책에 공정한 기회를 주긴 했다. 그는 책장을 잘라가면서 읽을 수 있을 만큼만 책을 읽었다. 주교가 책을 읽은 흔적은 산골에서 사람들이 숲을 '태워' 길을 낸 흔적만큼이나 뚜렷하게 남아 있었으며, 종이칼은

---

17 과거에 프랑스에서는 책을 만들 때 속장의 가장자리를 재단하지 않아, 읽는 사람이 종이칼로 책장을 잘라 나가면서 읽어야 했다.

대개 30쪽이 채 넘어가기 전에 자신의 의무를 저버리고 말았다.

책 사냥꾼은 두 가지 질문을 떠올리며 깊은 생각에 빠진다. "어디에서 왔는가?" 그리고 "어디로 가는가?". 애서가는 형이상학자들이 자신의 영혼에 질문을 던지는 것처럼 자신의 책에 질문을 던진다. 이 책은 어디에서 왔는가? 그 답에 따라 책의 가치는 크게 좌우된다. 책에 문장紋章이 찍혀 있다면 기가르의 『애서가의 문장Armorial du Bibliophile』을 참고해 그 책의 본래 소유주를 추적해볼 수 있다. 이 책에 수록된 스무 개의 문장 중 무엇이라도 가죽 표지에 찍혀 있다면, 그 문장 하나만으로도 가죽 표지가 감싸고 있는 책의 백배가 넘는 가치를 지닐 것이다.

책에 어떤 표시도 남아 있지 않다면 최초 소유주가 누구였을지, 어떤 사람들의 손을 거쳐왔을지 마음껏 상상력을 발휘해볼 수 있다. 루칠리오 바니니의 저작 중 한 권은 예수회 학교의 잠긴 책장 안에서 발견되었다. 코르넬리우스 아그리파의 『모든 학술의 허영과 불확실성De Vanitate Scientiarum』에는 누군가 희미한 잉크와 알아보기 힘든 필적으로 냉소적인 라틴어 메모를 남겨두었다. 이렇게 영구히 불만을 남겨놓은 200년 전의 비관

주의자는 과연 어떤 사람이었을까? 추측할 도리밖에 없다. 그러나 이렇게 별 소득 없이 추측하며 상상의 나래를 펴는 것 또한 책 사냥에서 얻을 수 있는 즐거움의 일부다.

한편 "어디로 가는가?"라는 또 다른 의문은 한층 무겁게 다가온다. 우리의 보물은 어디로 흩어질 것인가? 이 책들은 친절한 주인을 만날 것인가? 혹여 책이 맞이할 수 있는 가장 가혹한 운명, 즉 현실주의자의 손에 떨어져 결국 트렁크 제조업자에게 팔려가게 되는 건 아닐까? 책장이 낱낱이 뜯겨 상자의 안감을 대거나 아가씨의 머리카락을 곱슬곱슬하게 만드는 데 사용되지는 않을까? 희귀본이라면 앞으로 한층 더 진귀해져 마침내 막대한 값으로 팔릴지도 모른다. 운 나쁜 사람들은 살아생전 이런 의문에 대한 답을 어느 정도 얻을 수도 있다. 장서를 팔아치울 수밖에 없는 처지에 내몰린 이들이다. 장서를 팔다니, 참으로 쓰라림과 분노와 실망으로 점철된 경험이 아닐 수 없다.

책을 파는 일은 친구를 잃는 일만큼이나 괴롭다. 인생에서 이보다 더한 슬픔이 없을 정도다. 책은 만날 때마다 인상을 바꾸는 친구이기 때문이다. 병석에서 회복하는 동안 어떤 책을 읽었다고 치자. 몇 년이 지난 후 그 책을 다시 읽는다면 거기서 받는 인상은 우리 내면의 변화에 따라 분명 달라질 것이다. 한편 수집가의 취향과 지론이 발전하면서 자신의 장서에 대한 태도가 달라지기도 한다. '시와 발라드'에 대해서는 전혀 아는 바가 없다고 열변을 토하던 사람이 「소르델로Sordello」[18]의 불가사의한 매력에 빠져 헤어나지 못하는 경우도 있다. 책은 마치 친구처럼, 우리 자신처럼, 세상 모든 것처럼 변화한다.

책이 주는 변화가 특히 짜릿하게 다가오는 때는 이 변화가 가장 급격하고도 대조적으로 일어나는 순간이다. 이를테면 우리가 비웃었던 친구가 쓴 책이 성공을 거두거나, 우리가 그 재능을 믿었던 친구가 쓴 책이 어처구니없이 실패했다고 가정해보자. 이중 어떤 경우든 그 책의 의미가 과거의 모습, 과거의 시간에서 멀어진 것만은 사실이다. 우리가 책장을 펼칠 때마다 사라진 과거는 되살아난다. 시간의 부침은 얇은 옥타보판[19] 안에 인쇄되고 포장되어 있다. 욕망과 희망의 조각난 유령은 오직 우리의 마음속과 상상 속에서만 금지된 집으로 돌아올

---

18 로버트 브라우닝의 서사시로, 난해하다는 그의 시 중에서도 가장 난해한 작품으로 여겨진다.

19 전지를 여덟 등분한 판형의 명칭이다.

수 있다. 우리가 이 유령들을 언제라도 쉽게 상기할 수 있다는 건 참으로 다행스러운 일이다. 그 덕분에 우리는 한때 그토록 강렬하게 생명으로 넘쳐나던 감정, 지금은 어린 시절 꾸었던 꿈의 기억보다 한층 더 빛바래고 하찮게 변해버린 감정을 한층 너그러운 마음으로 들여다볼 수 있는 것이다.

책은 친구이며, 계속해서 변화하는 친구로서 우리 자신의 변화 또한 환기시키는 존재다. 바로 그 이유만으로도 다소 불편하더라도 책을 곁에 두어야 한다. 책이 세상을 떠돌다 결국 싸구려 노점의 먼지 쌓인 상자에 처박히도록 내버려둬서는 안 된다. 앨프리드 테니슨의 『율리시스』에 등장하는 유명한 구절을 빌려 말하자면 우리는 우리가 읽었던 모든 책의 일부이며[20] 이 과거의 친우들을 위해 약간의 존중을 남겨둘 필요가, 적어도 방 한 칸을 내어줄 필요가 있다. 지금은 이미 싫증이 나버린 과거의 친우들은 야망의 허망함과 인간 의지의 나약함을 일깨워준다. 낡은 교과서와 대학 교재를 볼 때면 우리는 예전에 그토록 고생하며 습득한 지식을 지금은 어떻게 이토록 까맣게 잊어버렸는지를 기억한다. 심지어 이

---

20   테니슨의 원문은 "I am a part of all that I have met"으로, "나는 내가 조우했던 모든 것의 일부이다"로도 번역된다.

런 책들은 그런 지식을 잊어버렸다 한들 어떻게 되는 것도 아니라는 사실을 속삭여준다. 지금 열중하여 읽는 책이라 해도 예외가 될 수 없다. 확신컨대 우리는 지금 열심히 읽는 것들에 대해서도 점차 흥미를 잃을 것이다. 그리고 오직 반복을 통해서만 몸에 익힐 수 있는 자연스럽고 수월한 태도로써, 그 책에 대해서도 깡그리 잊게 될 것이다.

그러나 우리가 책 사냥을 변호하는 이유는 책에서 도덕적 교훈을 얻을 수 있어서가 아니다. 교훈이라면 토머스 엘리엇 경[21]이 『위정자론Boke called the Gouvernour』에서 말했듯이 '춤'에서도 배울 수 있다. 우리가 책 사냥을 변호하는 까닭은 책 사냥이 스포츠에서나 느낄 법한 흥분을 주기 때문이다. 비단 고서적 노점만이 추적을 위한 사냥터인 것은 아니다. 우편으로 배달되는 도서 목록을 통해 수집가는 집에서도 책 사냥의 즐거움을 고스란히 누릴 수 있다. 수집가는 서적상의 도서 목록을 열심히 읽은 다음 골라낸 사냥감을 연필로 표시하고, 판매상에게 답장을 보내거나 전보를 친다. 그러나 공교롭게도 이런 수집가의 편지는 십중팔구 다른 서적상 대리인들에

---

21   16세기 영국의 인문학자로 최초의 라틴어-영어 사전을 완성했다.

게 선수를 빼앗기곤 한다. 특히 그 도서 목록이 프랑스 서적상의 것이라면, 우리의 느릿느릿한 편지가 클로댕 씨나 라비트 씨의 손에 들어가기도 전에 이미 현지의 파리지앵들이 좋은 책을 골라 챙겨갔을 게 뻔하다.

그렇다 해도 도서 목록은 그 자체만으로도 서지학에 대한 수업이라 할 만하다. 도서 목록을 읽으면서 우리는 책의 가격이 어떻게 결정되는지 배울 수 있다. 또한 1673년 드 뤼느가 펴낸 몰리에르, 그러니까 트로츠 보조네가 붉은 모로코가죽으로 장정하여 금 도금으로 마무리한 이 두 권짜리 책처럼, 상상 속에서만 손에 쥘 수 있는 진귀한 책들을 보면서 군침을 흘릴 수도 있다. 모르강과 파투 고서적상의 도서 목록은 바로 이 몰리에르의 희귀본에 실린 권두 삽화의 복제화를 싣고 있는데, 삽화의 중앙은 몰리에르의 흉상이 차지하고 그 양옆으로는 (『스가나렐』의) 스가나렐과 (『웃음거리 재녀들』의) 마스카리유로 분한 위대한 배우의 초상화가 실려 있다. 제2권의 권두 삽화에서는 몰리에르와 그 아내인 아르망드가 희극의 여신 탈리아에게 왕관을 받고 있다. 이토록 진귀한 초상화를 정확하게 재현한 복제화를 수록한 도서 목록은 그 자체로 예술작품이라 할 수 있으며 서지학을 공부하는 학생에게 큰 도움이 된다.

애서가들은 기대하던 도서 목록이 전날 밤 도착했고 그 고서적상의 가게가 그리 멀지 않다면 아직 회색빛이 가시지 않은 새벽, 가게 문을 열지도 않은 고서점으로 달려가기도 한다. 한편으로는 집에서 편안하게 앉아 있는 편을 선호하는 수집가들도 있다. 이들은 옥스퍼드 거리나 고서 거리[22]의 고서점 문 바깥에서 비를 맞으며 떨고 있는 가엾은 광신도를 불쌍하게 여긴다. 열정만으로는 해결할 수 없는 한계라는 것이 존재하는 법이다. 그리고 수집가들은 대개 아침 일찍 일어나는 일을 꺼리는 사람들이다.

한편 우리가 책 사냥이라는 스포츠를 생각할 때 마음속에 가장 자연스럽게 떠오르는 장면은 경매장에서 책이 낙찰되는 장면이다. 경매장은 서로 필적하는 수집가들이 경쟁심을 불태우는 곳이다. 낙찰에 실패한 길베르 드 픽세레쿠르[23]가 분노에 찬 말투로 "당신이 죽고 난 다음 당신의 장서가 팔릴 때 내가 그 책을 가질 것이오"라고 말한 곳도 바로 경매장에서였다. 픽세레쿠르는 자신이 뱉은 말을 그대로 지켰다.

---

22 이 책이 집필될 당시에는 홀리웰 거리가 고서 거리라고 불렸다. 1930년 대 이후 보행자 거리인 세실코트가 새로운 고서 거리로 탄생했다.

23 19세기 초에 활약한 프랑스의 극작가로 일상어를 이용한 산문을 이용하여 방대한 작품을 남겼다.

경매장에 도박의 열기가 없을 수는 없다. 사람들은 때로 사냥터에서 "경쟁적으로 말을 달리는" 것과 마찬가지로 "경쟁적으로 입찰하기"도 한다. 풋내기 수집가가 경매장으로 들어가볼 기회가 있다면 그 광경에 깜짝 놀라게 될 것이다. 경매실 안은 다소 허름한 '지옥' 같은 인상을 풍긴다. 경매인이 있는 단상 주위에는 추레한 차림의 유대인처럼 보이는 이들이 득시글하니 모여 있다. 몬테카를로에서라면 입장을 거부당하고, 독일에서라면 기독교적 열의로 무장한 폰 트라이치케[24]에게 박해를 받았을 법한 모습들이다. 응찰은 활기 없이 진행되고 진귀한 책들이 하찮은 값으로 낙찰된다. 그러나 풋내기 수집가가 자신의 운을 시험해보려 하는 순간, 가격은 놀라울 정도로 치솟는다. 실제로 경매는 "신참을 속여먹기 위한" 연극이기 때문이다. 응찰자는 모두 장사꾼으로, 책의 가격을 떨어뜨리기 위해 서로 연합하여 경매를 진행한 다음 경매가 끝난 후 저들끼리 몫을 나누어 갖는다. 그러므로 수집가는 책이 적절한 수준의 가격에 도달할 때까지만 경매에 참여하여 경매의 재미를 맛본 다음 장사꾼들이 연합하여 "값을 후려치려는" 순간 손을 떼야 한다.

---

24 19세기 독일의 역사학자이며 반유대주의자로 알려져 있다.

오락에는 나름의 위험이 따르기 마련이다. 그러나 경매장에 신사들이 있다면, 경매인은 물론 책의 소유주 또한 안심할 수 있을 것이다. 입찰자는 두 가지 측면에서 성미를 다스릴 줄 알아야 한다. 무모하게 높은 값을 부르고 싶은 마음이 들 때 냉정하게 판단할 수 있어야 하며, 장사꾼들의 다소 노골적인 비웃음을 무시하고 넘어갈 수 있어야 한다.

책 사냥에서 사냥감의 성향은 수집가의 취향에 따라 다양하게 나뉜다. 어떤 이들은 성서를 수집하고 어떤 이들은 발라드만 수집한다. 희곡을 뒤쫓는 이들도 있고 연극 전단을 찾아다니는 이들도 있다. 힐 버턴은 수집가인 찰스 커크패트릭 샤프에 대해 이렇게 표현했다 "샤프는 고딕체 파도 아니고 상하 여백을 많이 두고 재단한 책 취향도 아니다. 다듬재단을 하지 않은 언커트본이나 일부러 들쭉날쭉 거칠게 재단한 책만을 수집하지도 않는다. 영국의 초기 희곡 수집가도 아니고 엘제비어판의 수집가도 아니다. 16세기 통속소설이나 풍자시의 추종자도 아니고 낡은 송아지 가죽 장정파도, 그레인저파[25][이 말은 다른 작품의 판화를 오려내어 자신의 책에 '삽화로 넣는'

---

25 그레인저는『영국 인물사』에서 다른 책의 삽화를 오려 붙일 수 있도록 아예 백지를 철해 넣었다.

사람들을 가리키는 전문 용어다. 이런 관습은 그레인저가 『영국 인물사Biographical History of England』를 출간한 이후로 널리 퍼졌다.—원주]도 아니다. 황갈색 모로코가죽파도, 금박 장정파도, 대리석 무늬 내지파도 아니며 초판본editio princeps파도 아니다." 여기 나열된 이름들은 수집가들이 어떤 부류로 나뉘는지를 간략하게나마 보여준다.

이외에도 수많은 종류의 수집가가 있다. 역사 장정파로서 과거 위대한 예술가의 솜씨로 장정된 책이나 유명한 수집가의 장서였던 책만을 찾아다니는 사람도 있다. 혹은 자메파, 즉 루이 라신의 친구였던 자메가 냉소적인 문투로 '여백글'을 끼적거렸던 책만을 수집하는 사람도 있다. 셸리, 키츠, 테니슨, 에버니저 존스까지 현대 시인의 초판본만을 탐내는 사람들도 있다. 또는 욕망의 대상을 1830년대 자유롭게 꽃피웠던 프랑스 낭만주의자들의 책으로 한정하는 사람들도 있다. 넓은 땅과 큰 재산을 가진 사람이라면 각 나라의 역사에 대한 책을 수집하려고 할 수도 있다. 더는 에상을 비롯하여 코생, 그라블로[26]나 스토서드,[27] 윌리엄 블레이크 등 지난 세

---

26   모두 18세기에 활약한 프랑스의 삽화가이다.
27   18-19세기에 활약했던 영국의 화가이자 판화가로, 이 책의 4장에서 자세하게 다루고 있다.

기 활약했던 삽화가들의 작품이 실린 책에 마음을 빼앗긴 사람들도 있다. 아니면 전통을 중시한 나머지 알다스판Aldine[28]이나 지운타출판사에서 간행된 책만을 고집하는 사람들도 있다.

실제로 수집가의 부류는 진귀하고 아름다운 책의 종류만큼이나 많다. 검소하지만 세상 물정에 밝은 이들은 르메르와 주조 같은 프랑스 서적상들이 한정판으로만 펴내는 예쁜 책들을 사들인다. 이런 서적상들이 다시 찍어낸 라로슈푸코의 초판본이나 피에르 보마르셰, 라퐁텐의 작품들, 몰리에르가 썼다는 시집을 비롯한 여러 판본은 이미 절판되었고 시장에서 높은 가격에 거래된다. 윌리엄 새커리가 쓴 잡문집의 작은 판본(초판본은 노란 종이 표지로 싸여 있다)은 기이한 유행의 변덕으로 갑자기 인기를 끌었으며, 그리 높지 않던 책값은 스무 배나 뛰어올랐다.

이러한 유행의 이상 현상을 설명하는 일은 언제나 쉽지 않다. 그러나 책 수집에도 확실한 규칙이 있기는 하다. 문외한들은 묻는다. "때 묻고 낡은 책에 그 많은 돈

---

28   이탈리아의 출판업자 알두스 마누티우스가 베네치아에서 간행한 서적을 통틀어 알다스판이라 부른다. 마누티우스에 대해서는 이 책의 2장에서 더 자세히 소개될 것이다.

을 내는 까닭은 무엇입니까? 2~3실링이면 현대에 재간행된 깨끗한 책을 구할 수 있지 않습니까?" 수집가는 이런 질문에 대해 스스로 만족할 만한 대답을 적어도 몇가지 가지고 있다.

첫 번째, 위대한 작가 생전에 출간된 초기 판본들은 작가의 검수를 받고 출간되었기에 진정한 진본眞本이라 할 수 있다. 이런 초기 판본은 매슈 프라이어나 라브뤼예르 같은 작가가 직접 수정하고 검토한 판본이다. 이 오래된 판본들을 통해 작풍에 나타나는 변화와 그 정신의 역사를 연구할 수 있다. 이 점은 현대 작가들에게도 똑같이 적용된다. 어떤 이들은 같은 이유로 테니슨의 『서정시집Poems, chiefly Lyrical』(런던, 콘힐가의 왕립증권거래소에서 에핑엄 윌슨 펴냄, 1830)을 가지고 싶어한다. 출간된 지 50년 된 154쪽짜리 작은 책은 이 위대한 작가가 빚어낸 최초의 결실이다. 그후 반세기가 지나는 동안 시인은 이 작품집에서 많은 부분을 수정했고, 여러 시를 덜어냈다.

사실 테니슨은 1830년에 이미 자신만의 독특한 언어를 발견했으며 이 시집에 수록된 「마리아나Mariana」는 걸작으로 평가받는다. 오늘날 「마리아나」는 모든 테니슨 선집에 수록되어 있지만, 시인이 스스로 미덥지 않게 여겼던 작품들은 오직 1830년에 출간된 판본에서만 찾아볼 수 있다. 마찬가지로 『A의 길 잃은 난봉꾼 외The Strayed Reveller, and other poems, by A』(런던, 루드게이트가에서 B. 펠로스 펴냄, 1849)에서는 매슈 아널드가 그동안 얼마나 변화해왔는지를 발견할 수 있다. 이 판본은 발행 금지된 『A의 에트나산 위의 엠페도클레스 외Empedocles on Etna, and other Poems, by A』(1852)와 더불어, 전 세계에 있을 신판에 비해 한층 더 큰 인기를 끌고 있다. 휴 클러[29]의 『암바르발리아Ambarvalia』(1849)에도 작가 사후에 출판된 판본에서는 찾아볼 수 없는, 나름대로 흥미로우며 '정독할 가치'가 있는 시들이 실려 있다. 문학사의 이런 세목들은 위대한 고전 작가의 초기 판본에서 더할 나위 없이 중요한 의미를 지닌다. 책 수집가는 자신의 취미를 평론학의 시녀 정도로 생각하기도 하는데, 이런 경우 희귀본의 보존이나 비평을 위한 자료 수집은 책 수집에서 비롯되는 실용적인 측면이라고도 볼 수 있다.

그러나 사실 책 수집의 매력은 대개 감상적인 측면에서 나온다. 고서들은 문학을 사랑하는 이들에게 문학적 유물로서 신성하고 귀중한 가치를 지닌다. 이는 종교의

---

29   매슈 아널드의 친구로, 아널드는 그의 죽음을 애도하는 시를 쓰기도 했다.

신자들이 종교적 유물을 신성하게 여기는 것과 다르지 않다. 수집가는 작가가 보던 바로 그 책을 보고 싶어한다. 수집가는 몰리에르가 보던 형태 그대로의 『웃음거리 재녀들』(M.DC.L.X, 즉 1660) 초판본에서 경건한 기쁨을 느낀다. 이는 몰리에르가 작가의 길에 처음 발을 들이고 "저런, 이제야 첫 책을 낸 애송이 작가로군"이라고 썼을 무렵 나온 책이다. 위대한 작가의 생전에 출간된 모든 판본에는 이 같은 매력이 존재한다. 우리 독자는 이런 판본을 통해 작가의 영혼에 한 걸음 더 가까이 다가선다고 느낀다. 나중에 다시 살펴볼 테지만 유명한 수집가의 장서였던 책들도 유물이라 볼 수 있다. 롱주피에르나 할리, 두앵, 헨리 토머스 버클부터 맹트농 부인과 호러스 월폴, 장 그롤리에[30], 애스큐, 드 투, 히버[31]에 이르기까지 유명한 수집가들이 한때 애장했던 책들을 소중히 다루는 수집가의 손길에는 경건함마저 깃들어 있다. 훌륭한 소유주가 소장했던 책들은 반드시 자격 있는 이들에게 물려주어야 한다. 이 문학의 종복들이 조심성 없는 주인을 모셔서는 안 될 일이다.

---

30 15-16세기 프랑스의 정치가이자 애서가로, 그의 장서는 아름다운 장정으로 유명하다.
31 모두 영국과 프랑스의 유명한 책 수집가들이다.

어떤 이들은 읽기 위한 책으로는 깨끗한 재간행본을 선호할지도 모른다. 단순히 읽기 위한 목적이라면 조르주 샤르팡티에가 출판한 몽테뉴의 저작으로도 충분할 테지만, 수집가들은 1595년 리옹에서 프랑수아즈 르페브르가 펴낸 『몽테뉴의 수상록』을 좀더 귀하게 여긴다. 이는 그리 아름다운 책은 아니다. 활자는 잘고 다소 뭉툭하다. 그러나 이 책의 속표지에는 호손든의 윌리엄 드루먼드[32]의 이름과 사이프러스와 종려나무Cipresso e Palma로 된 그의 의장이 새겨져 있다. 몰리에르의 저서에 대해 말하자면, 베츠테인에서 출간한 네 권짜리 작은 판본(암스테르담, 1698)보다 더 쉽게 읽을 수 있는 현대 판본이 10여 가지나 출간되어 있다. 하지만 베츠테인의 판본에는 원본에 있는 삽화의 축소본이 수록됐다. 이 삽화에서는 200여 년 전 파리의 대중이 보았던 당시의 복장을 그대로 차려입은 아르놀프와 아녜스,[33] 그리고 몰리에르와 뒤 브리 부인[34]의 모습을 볼 수 있다. 존 서클링[35]의 사후에 발행된 작품인 『황금의 단편Fragmenta Aurea』

---

32 16-17세기에 활약했던 스코틀랜드 시인으로 스코틀랜드의 페트라르카로 불렸다.
33 모두 『아내들의 학교』에 등장하는 인물들이다.
34 프랑스의 배우로 몰리에르 극단에서 활약했다.
35 17세기 영국에서 활약한 찰스 1세의 궁정 시인 겸 극작가이다.

에는 황금을 정제하고 남은 찌꺼기 같은 글도 다수 있으며 그 황금의 정수만을 읽고 싶다면 서클링 선집을 찾아보는 편이 좋을 테다. 그러나 '작가 자신의 원고를 따라' 1646년 간행된 원본에는 28세의 나이로ætatis suae 요절한 유쾌한 왕당파 시인의 초상화가 수록되어 나름의 매력을 자랑한다. 테오크리토스의 작품 또한 마찬가지다. 워즈워스의 판본이나 치글러의 판본이 읽기에는 쉬울지 몰라도 수집가들이 탐내는 책은 자카리아스 칼리에르기가 로마에서 펴낸, 저작권을 침해했다는 이유로 레오 10세에게 파문당하게 만들었던 1516년의 아름다운 판본이다. 이중에서도 특히 데롬의 솜씨로 장정된 판본은 그 아름다움으로 사람들의 마음을 끈다. 희극의 악덕을 이야기하는 독실한 콩티 왕자의 비평은 다양한 문학사 작품에서 읽을 수 있지만 수집가들은 1660년 로비 빌렌이 펴낸 『공의회와 교부 성인이 세운 교회 전통에 따른 희극 개론Traité de la Comédie et des spectacles selon la tradition de l'Eglise, Tirée des Conciles et des saints Pères』을 훨씬 더 좋아한다. 특히 품위 있는 검은 모로코가죽으로 장정된 깨끗한 판본이라면 한층 더 인기가 있다.

변변치 않은 '2펜스짜리 보고'에서 찾아낸 평범한 책을 둘러싼 일화들도 있다. 이런 일화에서 우리는 수집가가 지닌 열정의 속성, 그 순수한 기쁨의 성격을 사소하게나마 읽어낼 수 있다. 수집가는 이따금 단순한 초판본이 아니라 좀더 개인적인 성격의 문학적 유물을 발견하기도 한다. 최근 운 좋은 한 수집가는 고서 거리에서 한때 셸리가 소장하던, 속표지에 시인의 서명이 들어 있는 『오시안Ossian』[36]을 사들였다. 다른 수집가는 희귀본으로 통하는, 브뤼셀의 출판업자 포펀스가 펴낸 프란체스코 페트라르카의 『운명의 양극단에 맞서는 강건한 현자Le Sage Resolu contre l'une et l'autre Fortune』를 한 권 갖고 있다. 한때 나폴레옹의 간수였던 허드슨 로 경이 소장하고 있던 책이다. 이 책은 어쩌면 그 금욕적인 격언을 통해 세인트헬레나섬에 갇힌 수인, 양극단의 운명을 모두 겪었던 인물의 영혼을 다독여주었을지도 모른다. 그러나 개인적인 유물로서의 책을 가장 잘 보여주는 사례는 장 자크 루소의 소유였던 『그리스도를 본받아Imitatio Christi』다. 최근 이 책의 행복한 소유주가 된 트낭 드 라투르 씨가 어떻게 이 보물을 손에 넣게 되었는지 이야기를 들어보자.

1827년 라투르 씨는 루브르강 변을 걷고 있었다. 강변의 고서점에 진열된 책 중에서 라투르 씨는 낡아빠진

---

36 3세기경 활약한 고대 켈트족의 전설적인 용사이자 시인으로 맥퍼슨의 시집을 통해 대중에게 알려졌다.

『그리스도를 본받아』를 발견했다. 다른 애서가들도 마찬가지겠지만 라투르 씨에게는 엘제비어판이 아닌 이상, 시장에 돌아다니는 이 작품의 판본을 일일이 조사하는 습관이 없었다. 엘제비어에서 찍어낸 그 유명한 연대 불명의 『그리스도를 본받아』의 가치는 상당하다. 그러나 그날 어떤 행운의 작용으로, 아마도 어떤 소크라테스적 악마의 속삭임으로 인해 라투르 씨는 낡아빠진 작은 책을 집어 들었다. 그 책은 1751년 파리에서 출간된 판본으로 헛장에 어떤 이름이 적혀 있었다. 라투르 씨는 '장 자크 루소á J. J. Rousseau'라는 글씨를 읽어냈다. 루소의 친필이 틀림없었다. 훌륭한 애서가라면 응당 그렇듯 라투르 씨도 루소의 필적을 완벽하게 잘 알고 있었다. 그래도 한 번 더 확인하기 위해, 라투르 씨는 책값으로 75상팀을 낸 다음 퐁 데자르 다리를 건너 자신의 장정기술자가 일하는 가게로 향했다. 그곳에 루소의 필적을 복제한 글씨가 수록된 루소의 저작 한 권을 맡겨두었기 때문이다. 라투르 씨는 걸어가면서 책을 들춰보았고 여백에서 루소가 남긴 메모를 발견했다. 복제본과 비교한 결과 그 이름이 루소의 친필이라는 사실이 확인되었다.

행복에 젖은 라투르 씨는 자신이 일하는 관청으로 발걸음을 재촉하여 친구인 V 후작의 사무실로 향했다. 문자에 정통한 후작은 루소의 서명을 알아보았지만 표정에 감정을 드러내지 않았다. 그전에 라투르 씨는 신성한 책장 사이에서 시든 꽃잎 몇 장을 발견했다. 그러나 그 꽃잎이 루소가 가장 좋아한 페리윙클의 꽃잎이라는 사실을 알아차린 것은 바로 그의 친구였다. 젊은 시절의 루소처럼 진정한 프랑스인이었던 라투르 씨는 페리윙클 꽃잎을 보고도 그 사실을 알아채지 못했던 것이다. 라투르 씨는 얼마나 흥분했던지 그날 밤 잠깐도 눈을 붙이지 못했다!

한 가지 수수께끼는 라투르 씨가 루소의 모든 저작에서 『그리스도를 본받아』를 언급한 부분을 기억해낼 수 없다는 점이었다. 어쨌거나 그 이후 이 낡은 책은 제본에 손을 대지 않은 채 러시아 가죽 상자 안에 고이 모셔졌다. 라투르 씨는 "이 비천한 세상에서 애서가가 누릴 수 있도록 허락받은 기쁨"이 더 있으리라 기대하지 않았고 이보다 더 큰 기쁨은 오직 천국에서나 누릴 수 있으리라 생각했다. 그러던 어느 날 라투르 씨는 루소의 『미발표 전집Oeuvres Inédites』을 뒤적거리던 중 한 통의 편지를 발견했다. 1763년에 쓴 그 편지에서 루소는 모티에 트라베르에게 『그리스도를 본받아』 한 권을 보내달라고 부탁했다. 1764년은 기억할 만한 해였다. 루소의 『고백

록』에 따르면 이 해는 샤르메트Les Charmettes 마을에서 바랑 부인[37]이 페리윙클 이야기를 한 이래 처음으로 페리윙클 한 송이를 눈여겨본 루소가 감정의 둑을 무너뜨린 때였다. 트낭 드 라투르 씨가 발견한 것은 장 자크 루소의 고결한 눈을 감성의 눈물로 적시게 했던, 바로 그 페리윙클의 꽃잎이었던 것이다.

모든 사람이 루소의 숭배자일 수는 없다. 그러나 라투르 씨는 루소의 열정적인 숭배자였다. 라투르 씨의 이 작은 일화는 애서가의 책 수집에 따르는 감상적인 측면을 잘 보여준다. 그렇다, 우리가 책에 생생한 애정을 느끼는 까닭은 바로 이 감상적인 측면에 있다. 책을 통해 우리는 이미 오래전에 죽은 위대한 시인들, 학자들과 교류할 수 있다. 우리의 손은 시대를 뛰어넘어 그들의 손을 마주 잡는다. 나는 젊은 베르나르도와 네리오 네를리, 그들의 친구인 조반니 아치아주올리의 노력으로 세상에 나온 활판인쇄술의 기념비적인 걸작이자, 활자에 대한 열정을 잘 보여주는 호메로스의 초판본(1488)을 직접 본 적이 없다. 그런데도 나는 하인리히 하이네와 함께 울고 싶은 마음이 든다. "안녕하시오, 젊은이들! 고

---

37 루소의 연인이자 후원자로 그의 삶에 지대한 영향을 미쳤다.

귀하고 훌륭한 분들이여! 하데스의 집에서나마 나를 반
겨주시오.salvete juvenes, nobiles et generosi; χαίρετέ μοι καὶ ἐιν
Ἀίδαο δόμοισι."

　이상이 책 수집에 대한 우리의 변명이다. 그러나 책
수집이라는 취미를 변호하는 가장 좋은 방법은 위대한
수집가들의 이름, '훌륭한 책 사냥꾼의 이상理想'을 나열
하는 일일 테다. 세스와 노아에 대해서는 아무 말도 하
지 않기로 하자. 수집가로서 이들의 명성은 오직 『도서
관의 홍수De Bibliothecis Antediluvianis』라는 소책자에만
의존하고 있기 때문이다. 아슈르바니팔[38]의 도서관에 대
해서도 언급하지 않고 넘어가려 한다. 플리니우스가 말
했듯이 이 도서관의 장서는 구운 기와coctiles laterculi로
만들어진 책이기 때문이다. 이 토판 문서의 내용은 고
故 조지 스미스의 해독이 아니었다면 우리에게 전해지지
않았을 것이다. 하지만 고대 철학자를 비롯하여 태고의
왕들, 파라오와 프톨레마이오스 왕가 역시 우리 편이다.
　오늘날 소위 시시한 문필가라 불리는 무리는 플라
톤이 현명한 사람임에도 필롤라오스의 소논문 세 권에

38　기원전 9세기 아시리아 말기의 왕이다. 아슈르바니팔의 대도서관에
　　서는 아시리아의 문화와 역사를 보여주는 점토판 문서가 2만여 점
　　출토되었다.

100미나(약 360파운드)씩이나 지불했다는 이유로 플라톤을 비난한다. 한편 아리스토텔레스는 스페우시포스의 도서관에 있던 책 몇 권에 세 배 가까운 값을 냈다. 한 라틴 철학자는 '호메로스만큼 오래된' 『오디세이』를 손에 넣으려고 그 어떤 노고도 기꺼이 감수하지 않았던가? 위대한 수집가였던 키케로는 아스크라 출신 헤시오도스의 초판본editio princeps, 그 곰팡이가 슨 낡은 납판 문서를 손에 넣기 위해 무엇인들 내놓으려 하지 않았던가? 하인리히 슐리만 박사[39] 또한 오르코메노스에서 『일리아스』의 원본을 발견했을지도 모른다. 다만 모든 고대의 책 중에서 가장 매력적인 책은 파우사니아스가 아스크라에서 발견한 헤시오도스의 납판 문서일 것이다.

그렇다면 현대에는 책 수집가의 '위대한 동맹', 형제들의 목록에 어떤 이름들이 올라와 있는가? 이 이름들은 프랑수아 비용이 『고대 왕들에 대한 찬가Ballade des Seigneurs du Temps Jadis』에 채워 넣은 이름들과 같다. '용맹한 샤를마뉴'도, 앨프리드 대왕도 수집가였다. 마티아

---

[39] 독일의 고고학자로 『일리아스』를 읽고 트로이가 실제로 존재할 것이라고 생각하여 연구에 나섰고, 마침내 트로이와 미케네 등 주요 유적을 발굴했다.

스 코르비누스 같은 헝가리의 왕, 프랑스의 왕과 왕비, 왕의 첩과 귀족들 모두 수집가였다. 영국의 헨리 8세와 '보들리도서관의 서가에 묶여 있기를 소망했던' 제임스 1세 또한 수집가였다. 중세의 성직자 중 수집가로는 버리의 리처드가 있으며 르네상스 시대의 수집가로는 『유토피아』의 국민에게 '작은 알다스판 책을 모아 묶은 예쁜 책 꾸러미'를 전달했던 토머스 모어 경이 있다. 뷔시 라뷔탱 같은 처세가도, 영국의 엘리자베스 여왕도, 인노켄티우스 10세 같은 교황도, (책을 장정하기 위해 터키 제국에 레반트산 모로코가죽을 요청했던) 콜베르 같은 자본가도, 스콧이나 로버트 사우디, 자넹, 노디에, 폴 라크루아 같은 작가도, 앙도슈 쥐노나 외젠 왕자 같은 전사도 모두 수집가였다. 여기 소개된 이름들은 책을 사랑하는 이들이 모인 거대한 군대 중에서도 그 우두머리들만을 꼽아본 것이다. 이 군대에서는 사병이 되는 것만 해도 충분히 영예로운 일이다.

2장

도서관

이 장에서 이야기하는 도서관은 스펜서가나 후스가의 도서관처럼 값을 매길 수 없는 보물들로 가득 찬 도서관과는 거리가 멀다. 위대한 도서관의 시대는 이미 지나갔다. 그리고 지난 세대의 수집가 중에서는 엄청난 부를 지닌 이들만이 살아남았다. 이들은 원하기만 하면 의회에서든, 사회에서든, 책 수집 분야에서든, 돈을 아낌없이 쏟아붓는 일이 반드시 필요한 분야에서라면 어디서든 두각을 나타낼 수 있는 인물들이다. 라브뤼예르가 종종 비웃었던 구식 수집가들은 수천여 권이 넘는 책을 소장하지 않는 한 만족하지 못했다. 가령 노데[40]는 마자랭 추기경[41] 같은 장서가를 위해 수많은 서적상의 재고품을 몽땅 사들였다. 노데가 책을 사들인 도시에서는 마치 회오리바람이 나뭇잎을 모두 휩쓸어간 듯 글이 적힌 종이 한 장 찾아보기 어려웠다고 한다.

그러나 성실한 애서가 자코브의 말처럼, 요즘에는 책 수집의 추세가 바뀌었다. 그의 말에 따르면 "수집가의 도서관은 광대한 홀에서 벽장 한 칸, 작은 책장 하나로 줄어들었다. 한때 거대한 회랑, 길게 늘어선 도서실이 필요했던 자리에 지금 필요한 것은 깔끔한 가구 하나뿐이다. 책은 말하자면 보석 같은 존재가 되어서 일종의 보석함에 보관하게 되었다". 즉, 현대의 수집가들이 추구하는 것은 단순히 많은 책이 아니다. 평범하게 장정된 책이나 폴리오판의 신학서, 4절판의 고전을 탑처럼 높이 쌓아 올려봐야 소용없다. 요즘의 수집가는 기품 있고 비범한 책 몇 권으로도 만족스러워한다. 인쇄술이나 장정이 뛰어난 걸작품, 혹은 유명한 옛 수집가나 정치가, 철학자, 아름다운 부인들이 소장했던 유물들, 아니면 아름다운 삽화가 수록된 책이나 현대 고전의 초판본 같은 책들 말이다. 하지만 그 누구라도, 설령 오말 공작[42]이

---

40   마자랭도서관의 설립을 도운 인물로, 도서관의 중요성과 사서의 역
      할을 제안한 최초의 도서관학자로 여겨진다.
41   17세기 프랑스의 재상으로 왕권 강화에 일조했으며, 프랑스 최초의 공
      공 도서관이라 할 수 있는 마자랭도서관을 설립했다. 마자랭도서관은
      지금도 아름다운 건물과 귀중한 장서로 명성을 떨치고 있다.

나 4만 파운드의 가치에 이르는 100권짜리 책을 소유한 제임스 로스차일드 자신이라 하더라도, 희귀본만으로 방대한 장서를 꾸릴 수는 없다.

그러므로 수집가에게 조언하는 자문가는, 이전에 노데를 비롯한 여러 전문가가 그랬듯이 도서관의 적절한 위치나 크기에 대해서 이런저런 이야기를 할 필요가 없어졌다. 이를테면 "따뜻하고 건조한 동풍이 도서실로 불어 들어와 공기를 상쾌하게 해줄 수 있도록, 그래서 도서실에서 감각과 감성이 명민해지고 영혼이 맑아지며 몸 상태가 좋아질 수 있도록, 한마디로 요약하여 가장 건강하고 상쾌한 상태를 유지할 수 있도록" 서재salle를 반드시 동향으로 지어야 한다고 건축가에게 말할 필요가 없어진 것이다. 또한 책 수집에서의 추세와 마찬가지로 동풍의 속성은 노데가 마자랭 추기경의 도서관에서 사서로 있던 시절과는 크게 달라졌다. 그러니 이미 죽고 사라진 사서들의 고색창연한 의견을 받아들이기보다는 차라리 학식 높은 이시도루스의 녹색 대리석 판에 대한 조언(눈의 피로를 풀어준다는)이나 보에티우스의 상아와 유리로 이루어진 도서실 벽에 대한 비난을 귀담아듣는

---

42 프랑스의 귀족으로 유배생활 동안 고서적과 예술작품을 수집하여 샹티이성에 오말도서관을 만들었다.

편이 더 나을 것이다.

여기서 우리가 염두에 두는 독자는 수집가이며, 특히 최근 책 수집이라는 즐거운 열정에 붙잡힌 애서가다. 우리는 이들에게 어떻게 하면 적절한 서가에 책을 깔끔하게 정리하여 보관할 수 있는지 알려주는 한편, 어떤 책을 사고 어떤 책을 피해야 하는지도 말해주려 한다. 여기서 도서관이란 아무도 가지 않는 서재, 저택의 주인이 장화를 비롯하여 지팡이 일습을 보관하는 곳, '웨이벌리 시리즈'[43]나 『피어슨의 교의 해설Pearson on the Creed』 『흄의 논집Hume's Essays』이 설교집 더미와 함께 놓여 있는 그런 곳이 아니다. 그러나 이 얼마나 슬픈 일인가! 대부분의 영국 가정에서 도서관은 단지 이런 서재를 의미할 뿐이다. 세대가 바뀌어도 도서관에 책 한 권 더해지는 일이 없다. 기껏해야 브래드쇼의 책이나 가벼운 소설이 이따금 서가에 새로 들어올 뿐이다. 이는 순회도서관이 성공적으로 운영되고 있기 때문인지도 모르고, 어쩌면 우리 영국인의 아리아인다운 성향('책을 읽지 않고 야외에서 생활하는') 때문일지도 모르지만, 오늘날 수많은 영국 가정에서 책은 그야말로 찾아보기 어려운 물건

---

[43] 월터 스콧 경이 『웨이벌리』를 시작으로 하여 지은 역사 소설 시리즈이다.

이 되어버렸다. 책은 순회도서관이 생기기 전 시대의 유물로서 학문에 뜻을 두었던 몇몇 조상이 남기고 간, 글자가 적혀 있는 물건일 뿐이다. 여기에 더해 호수가 맞지 않는 잡지 몇 부, 입문서와 설명서 몇 권, 설교집과 소설 몇 권이 일반 영국 가정의 도서관을 꾸리고 있다.

그러나 우리가 염두에 둔 수집가들은 절대 이런 평범한 장서로는 만족할 수 없는 이들이다. 우리의 수집가는 희귀본과 솜씨 있게 장정된 책, 다시 말해 책을 만드는 데 있어 예술적인 안목이 결여되지 않은 책을 좋아한다. 우리의 수집가는 몽테뉴의 예를 따라 서재를 갖고 싶어 한다. 그 서재는 하인이나 아내, 자녀의 훼방을 받지 않을 수 있는 곳, 오로지 혼자서, 혹은 이미 죽은 걸출한 위인과 문학의 천재들과 함께 편안히 시간을 보낼 수 있는 일종의 성지다. 빛이 많이 들고 통풍이 잘되며 따뜻하고 습하지만 않다면, 동향이든 서향이든 남향이든 상관없다.

책의 수많은 적 가운데 가장 먼저 거론할 수 있는 두려운 적은 바로 습기다. 여기서는 이 위험에 대항하여 취해야 할 예방책을 설명하려 한다. 우선 현대의 판본이나 일상에서 필요한 책을 비롯하여 수집가 문학의 도구로 사용하는 모든 책을 앞쪽이 막히지 않은 서가에 보관하라고 권한다. 서가에 채울 책이 많다면 책장의 높이를 천장까지 올려도 좋다. 다만 서가의 등이 벽에 바짝 붙지 않도록 약간 간격을 두는 게 중요하다. 그리고 그보다 좀더 귀중한 책들, 아름답게 장정된 보물들은 유리문으로 단단히 닫을 수 있는 책장에 보관해야 한다[윌리엄 블레이즈는 자신의 저서 『책의 적들Enemies of Books』(트뤼브너 출판사, 1880)에서 "환기가 되지 않아서 곰팡이가 생길 수도 있다"면서 책장에 유리문을 다는 것에 반대한다. 반면 루베르는 햇살이 좋은 날 책장 안의 공기가 환기될 수 있도록 책장의 유리문을 열어두라고 당부한다. 다만 날이 저물면 문을 닫아놓아야 한다. 그렇지 않으면 나방이 날아들어 보물 같은 책 속에 알을 깔 수도 있기 때문이다. 블레이즈의 의견도 지당하긴 하지만, 우선 유리문은 책에 먼지가 타지 않게 하는 유용한 방책으로 보인다.—원주]. 책의 연약한 가장자리가 서가의 나무에 부딪혀 다치지 않도록 선반에는 벨벳이나 섀미 가죽으로 안감을 대줘야 한다. 책장 선반 뒤쪽에 가죽 안감을 대주면 습기를 없애는 데도 도움이 된다. 대부분의 작가는 잘 건조한 떡갈나무처럼 결이 고운 나무로 책장을 만들어야 한다고 주장한다. 좀더 작은 문학의 성소라면 마호가니나 새틴우드로 책장을 만들고 삼나무나 흑단으로 안을 대는 것도 좋을 것이다.

결이 고운 나무라야 벌레가 쉽게 뚫고 들어오지 못한다. 한편 책벌레는 삼나무향이나 백단나무향, 러시아산 가죽 냄새를 싫어한다고 알려져 있다.

어떤 애서가는 사람이 한 번에 사랑할 수 있는 책은 오직 한 권뿐이라고 주장하면서, 그 순간 가장 사랑하는 책만을 아름다운 가죽 상자에 넣어 가지고 다녔다. 소수 정예의 책만을 소장한 다른 애서가들은 앞부분을 유리로 막은 긴 상자에 책을 보관한다. 이 상자는 마치 라반의 우상[44]처럼 이곳저곳으로 손쉽게 운반할 수 있다. 그러나 책을 모셔두기만 하지 않고 실제로 읽는 수집가들에게는 그보다 더 큰 책장이 필요하다. 우리가 보기에 가장 편리하고 유용하게 책을 정리하는 방법은 현대 작가들의 작품이나 평범한 종이에 인쇄된 책, 즉 현대에 장정된 책들을 앞이 트인 떡갈나무 책장에 보관하고, 값비싼 희귀본들은 여닫이문이 달린 책장에 보관하는 것이다. 서가 각 칸의 높이는 아래쪽이 가장 높고 위쪽으로 올라갈수록 낮아지는 편이 좋다. 그러면 아무리 거대한 폴리오판 책도 아래 칸에 무리 없이 꽂아둘 수 있으며, 눈높이와 맞는 서가에 엘제비어판의 책을 꽂을

---

44   라반은 창세기에 나오는 인물로 야곱의 아내인 라헬의 아버지이다. 야곱과 라헬은 지참금 대신 라반이 섬기던 우상을 훔쳐 달아난다.

수 있기 때문이다. 각 선반의 윗부분에는 먼지를 막기 위해 가죽 술을 달아두는 것을 권한다.

서가의 모양이라든가 도서실의 가구, 장식은 수집가의 개인 취향에 맞추어 꾸미면 된다. 희귀본을 보관하기 위해 새틴우드나 마호가니로 책의 성소를 꾸미고 싶다면, 가구업자들이 별생각 없이 "앤 여왕 시대 양식"이나 "치펜데일 양식"이라 부르는 양식을 따라 서가를 만드는 것이 보기에 가장 좋다. 상단에 아름다운 장식 무늬를 조각해 넣은 가구는 예스러운 분위기를 자아내고, 상감 세공으로 꽃무늬 장식을 새긴 서가는 스토서드와 그라블로가 삽화를 그려 넣은 지난 세기의 책들과 서로 균형을 이룬다. 특히 흑단나무라면 하얀 양피지로 장정된 신학 서적의 서가로 잘 어울릴 테다. 도서실의 가구에 여력을 들일 수 있는 수집가는 힐 버턴이 매력적인 『책 사냥꾼』에서 소개한 것처럼 루쿨루스의 흉내를 내도 좋을 것이다. 즉, "모든 것이 완벽하게 마감되어 있다. 갤러리에는 마호가니로 만들어진 가로장이 붙어 있고 작은 사다리도 놓여 있다. 널찍한 날개가 달린 독서대에는 호화로운 장정이 상하지 않도록 가죽 안감이 대어져 있다. 각기 서가에는 책들이 정복을 차려입고 사열을 받는 병사처럼 똑같이 장정된 책등을 내보이며 정렬해 있다".

애서가로 유명했던 고 윌리엄 스털링 맥스웰 경은 사용하기 편한 도서실용 의자를 개발했다. 이 의자는 앉기에 아주 편안할 뿐만 아니라 등받이 상단이 널찍하고 평평하게 만들어져 있어, 손이 닿지 않는 높은 서가에서 책을 꺼낼 때면 두 단짜리 사다리처럼 이용할 수도 있다. 트뤼브너 사에서는 미국인의 발명품인 회전하는 서가를 제작했다. 글 쓰는 이들에게 유용할 법한 이 서가는 초록색으로 착색한 참나무로 만들어져 보기에도 그리 나쁘지 않다. 이외에도 도서실에 놓는 장식품에 관해서라면 누구나 나름대로의 취향이 있을 것이다. 고전을 모아놓은 장서 위에 '팔라스의 창백한 흉상'을 올려놓을 수도 있고 옛 프랑스의 가벼운 문학과 목가적이고 희극적인 작품을 모아둔 성소의 벽감에는 첼시 자기로 섬세하게 만들어진 양치기 소녀상을 둘 수도 있다. 이 문제에 대해서 필자는 픽윅 씨가 저녁을 주문할 때의 징글 씨[45]를 본받아 삼가는 마음으로 "이래라저래라 하면서 주제넘게 나서지 않으려 한다".

습기 다음으로 무서운 책의 적은 먼지와 때다. 수집가는 서가와 책 위로 쌓이는 먼지를 가능한 한 자주, 손

45　모두 찰스 디킨스의 데뷔작 『픽윅 클럽 여행기』의 등장인물이다.

수 털어줘야 한다. 자신의 청결이나 빌린 책의 청결에 대해서는 무심했던 존슨 박사[46]도 본인이 소유한 장서의 청결에는 크게 신경을 썼다. 도서관 서가에서 먼지를 털어내기 위해 양손에 커다란 장갑을 낀 박사의 모습을 제임스 보즈웰이 목격했을 정도다. 장갑을 끼는 것은 박사의 습관이었다. 하얀 책장에 찍힌 때 묻은 엄지손가락 자국만큼 보기 흉한 것은 없기 때문이다. 책에 손가락 자국이 남는 이유는 책을 읽는 사람이 손을 씻지 않아서라기보다 책머리에 쌓인 먼지가 책을 펼칠 때 떨어지면서 손가락에 묻는 탓인데, 이 때문에 책갓장식[47]으로 머리금붙임[48]을 한 책은 펼치기 전에 그 위를 손수건으로 부드럽게 닦아줘야 한다. 거칠게 다듬재단을 한 책의 머리 부분은 작은 솔로 솔질하듯 청소해야 한다. 그러나 가능하다면 소장한 모든 장서에 머리금붙임을 해주는 편이 좋다. 먼지 타는 것을 방지하기 위해서 이보다 더 좋은 방법은 없다.

먼지는 책을 더럽힐 뿐만 아니라 스펜서가 "책벌레를

---

46   작가 새뮤얼 존슨을 뜻한다.
47   습기와 먼지를 방지하는 목적과 장식용 목적에 따라 다듬재단으로 잘린 책의 머리·배·밑에 금붙임이나 물감칠을 하는 것을 말한다.
48   책의 머리 부분에만 금박을 입혀 장식한 것으로 먼지를 방지하는 목적이 있다. 반면 머리·배·밑 세 면에 모두 금박을 입히는 것은 삼면금붙임이라 부른다.

위한 최적의 환경"이라고 부른 환경을 조성하는 데도 일조하는 듯 보인다. 책벌레가 어떤 만행을 벌이는지는 굳이 설명하지 않아도 누구나 잘 알고 있을 것이다. 책벌레가 표지부터 책장까지 파먹어 생긴 작은 구멍 때문에 망가져버린 진귀하고 소중한 책이 얼마나 많던가? 그러나 책벌레의 본성에 대한 권위 있는 전문가들의 의견은 크게 갈린다. 고대인도 이 재앙에 대해서 잘 알고 있었고, 루키아노스 또한 책벌레에 관한 글을 남겼다. 블레이즈는 보들리도서관의 사서가 찾아내 죽인 흰색 책벌레에 대해 언급하고 있다. 비잔티움에서는 검은색 종류의 책벌레가 횡행했다. 문법학자인 에베노스는 검은 책벌레에 관한 짧은 풍자시를 남겼다(『팔라틴 선집Anthol. Pal.』,[49] 9권, 251쪽).

이 뮤즈의 해충, 책장을 먹어치우는 벌레들이

구멍에 숨어 있구나.

뮤즈의 결실을 더럽히고

배움의 노역을 망가뜨리기 위해 기다리고 있구나.

어째서 태어나 악을 향하느냐, 검은 살의 벌레들아!

---

49   하이델베르크의 팔라틴도서관에서 발견된 필사본으로 고대 그리스 시가 수록되어 있다.

어째서 질투심에 차 책을 먹으며

그 가증스러운 모습을 남겨두느냐!

박식한 멘첼리우스는 책벌레가 짝짓기 상대를 앞두고 마치 수탉처럼 울어 젖히는 소리를 들은 적이 있다고 했다. "동네의 가금들이 울어대는지 아니면 내 귀에서 이명이 울리는 것뿐인지 알 수가 없었다. 무슨 일인지 영문을 몰라 하던 그 순간, 나는 글을 쓰던 종이 위에서 작은 벌레 한 마리를 발견했다. 벌레는 멈추지 않고 수탉처럼 울어대다가 내가 돋보기를 꺼내 들고 열심히 관찰하기 시작하자 그제야 울음을 멈췄다. 진드기만 한 크기에 회색빛 털이 난 벌레는 머리를 몸통에 닿도록 깊숙이 구부리고 있었다. 그 수탉 같은 시끄러운 울음소리는 양 날개를 쉴 새 없이 비벼대는 소리였다." 여기까지가 멘첼리우스의 묘사다.

비슷한 이야기를 『유명 외국 아카데미의 회고록Memoirs of famous Foreign Academies』(다종, 4절판, 13권, 1755-1759)에서도 찾아볼 수 있다. 그러나 요즘에는 책벌레가 그리 눈에 띄지 않는다. 블레이즈는 캑스턴[50]을 기념하는 행사에서 책벌레를 전시하여 캑스턴판 추종자들에게 보여주려 했지만 책벌레를 보았다는 사람조차 쉬이 찾아볼 수 없었다. 하물며 책벌레가 고유의 울음소리로 우는 소리를 들어본 사람은 더더욱 찾을 수 없었다. 그럼에도 블레이즈는 저서 『책의 적들』에서 책벌레와 마주쳤던 드문 경험담을 기록하고 있다. 더러운 책, 습기 찬 책, 먼지 낀 책, 주인이 한 번도 펼쳐보지 않은 책들은 모두 이 적에 노출되었다. 교훈적인 시인이 인간의 필멸성을 노래한 시에서 묘사했듯이 "벌레, 그 위풍당당한 벌레는 여전히 정복자다".

멘첼리우스를 인용했으니 책벌레에 대한 장바티스트 달랑베르의 이론을 인용하는 일이 부적절하지는 않을 것이다. 달랑베르는 말했다. "내 생각에 책벌레가 생기는 이유는 8월에 작은 딱정벌레가 책에 알을 낳기 때문이다. 이 알에서 마치 치즈진드기처럼 보이는 진드기가 나오는데, 이 벌레는 바깥으로 나가는 길을 뚫기 위해 책을 먹어치운다." 달랑베르는 책벌레가 장정기술자들이 사용하는 풀을 좋아하지만 압생트는 질색한다고 덧붙인다. 블레이즈 또한 책벌레가 불순물이 섞인 현대의 종이를 먹기 싫어한다는 사실을 발견했다.

"쥐에 대해서 시를 써야 할까요?" 스코틀랜드의 시

50　15세기에 활약한 영국 최초의 인쇄업자로, 그가 출간한 책은 캑스턴판이라 불린다.

인 그레인저는 존슨 박사에게 자신의 시 「사탕수수Sug-ar-cane」를 읽어주다가 물었다. 박사는 "그럴 필요는 없지"라고 대답했다. 사탕수수를 재배하는 농부만큼이나 애서가 또한 쥐를 골칫거리로 여기지만 굳이 쥐에 관한 시를 지을 필요까진 없다. 페르티오가 이미 『애서가의 소네트Les Sonnets d'un Bibliophile』에서 쥐에 대한 시를 읊었기 때문이다. 이 책에 수록된 아름다운 에칭 판화는 쥐떼가 채식 필사본을 게걸스럽게 먹어치우고 꿀벌 문장이 찍힌 드 투의 모로코가죽을 공격하는 장면을 묘사해 독자의 눈을 즐겁게 해준다. 여기서 쥐를 어떻게 잡아야 하는지를 알려주는 일은 불필요할뿐더러 채신사나운 일일 것이다. 다만 수집가는 이 동물이 책의 장정을 아주 좋아한다는 사실을 항상 명심하고 있어야 한다.

또한 책 수집가는 반드시 가스등을 피해야 한다. 가스등을 켜면 책 위쪽으로 먼지를 빨아들이는 더러운 기름층이 생기기 때문이다. 블레이즈는 작은 방에서 가스등을 세 번 켰더니 서가에 씌운 가죽이 코담배 가루처럼 부슬부슬 떨어졌고, 책을 만지자 책등이 벗겨졌노라고 말했다. 도서실에서 책을 읽기에 가장 좋고 적합한 조명은 갓을 씌운 등이다.

책이 소유주 자신의 손에서 마주하게 될 위험을 이야

기하기 위해 굳이 버리의 리처드의 충고를 되풀이할 필요는 없을 것이다. 욕조가 흔하지 않았던 시절(쥘 미슐레의 주장에 따르면 전혀 없던 것은 아니었다지만)에 살았던 옛 시대의 수집가는 책을 읽는 이들의 더러운 손을 통렬하게 비난했다. 또한 더러운 지푸라기를 책갈피처럼 끼우는 습관이나, 책장을 펼쳐두려고 맥주잔을 책 한가운데 내려놓는 습관에도 비난의 목소리를 높였다.

비록 본인이 그런 짓을 하지 않을지라도, 수집가는 헛장과 여백을 하찮게 여기는 사람들을 조심해야 한다. 이들은 여백에 낙서를 갈겨쓰는가 하면 헛장을 찢어 파이프에 불을 붙인다. 이런 사람들이 한번 손대고 난 다음 남아 있는 책의 잔해를 본 사람이라면 날카로운 그리스식 과장법의 진가를 인정하게 될 것이다. 그리스인들은 "책장을 넘긴다"고 말하지 않고 책 위를 "거닐면서 짓밟는다πατεῖν"고 말했다. 이런 사람들한테는 책을 더럽히고 기름투성이로 만들거나, 언커트본의 책장을 손가락으로 자르거나, 책을 불 근처에 두어 표지가 쩍쩍 갈라지게 만드는 일쯤은 별것이 아니다. 책을 함부로 다루는 촌뜨기들에게 이처럼 단정치 못한 습관은 훌륭하고도 남자다운 행동처럼 보이는 듯싶다. 그러나 이런 습관은 카이사르의 군대가 알렉산드리아에 지른 불만큼이나 확실하게 책을 망가뜨린다. 『속물들의 무관심에 대처하는 법 Contre l'indifférence des Philistins』을 집필한 쥘 자냉은 "현명하고 성실한 인물만이 훌륭하고 가치 있는 책을 읽을 자격이 있다"고 말했다. 수집가들, 그리고 모든 교양인은 앞서 말한 야만인들에게 책을 빌려주는 일을 경계해야 할 것이다.

여기서 우리의 생각은 책의 또 다른 무서운 적으로 향한다. 바로 책을 빌리는 이들과 책을 훔치는 이들이다. 몇몇 위대한 인물은 책이나 다른 소유물을 마땅히 다른 사람에게 빌려줘야 한다고 주장했는데, 이에 대해 파뉘르주[51]는 이렇게 표현했다. "차라리 물고기가 허공에서 즐겁게 헤엄치게 만드는 게, 송아지 떼가 대양 바닥에서 풀을 뜯게 만드는 게 더 쉽겠다. 아무것도 빌려주려 하지 않는 악당 무리를 변호하거나 참아내는 일보다는 말이지." 알브레히트 뒤러가 장서표를 디자인해 선물한 빌리발트 피르크하이머 또한 기꺼이 책을 빌려주는 사람이었으며, 뒤러가 그린 장서표에도 그 자신과 친구들에게Sibi et Amicis라는 문구가 새겨져 있다. 애서가로 유명한, 그러나 잘 알지 못하는 작가들에게 장정기술자로 오

---

[51] 라블레의 작품 『가르강튀아와 팡타그뤼엘』에 나오는 등장인물로 박식하지만 교활한 인물이다.

해받는 일이 많았던 그롤리에의 장서에도 장 그롤리에와 그 친구들의 것Jo. Grolierii et amicorum이라는 표어가 새겨져 있다. 존 레스터 워런이 『장서표 연구A Guide to the Study of Book-plates』(피어슨출판사, 1880)에 쓴 글에 따르면 크리스티앙 샤를 드 사비니는 모든 장서를 뒤에 남기며 내가 아닌 다른 이들에게non mihi sed aliis라고 선언했다.

그러나 다른 수집가 대부분은 무례하더라도 한층 현명한 문구를 장서표에 새긴다. "신을 모르는 이들만이 책을 빌리고 다시 돌려주지 않으리라"라든가 "책을 파는 이들에게 직접 사서 읽으리" 같은 문구다. 극작가이자 배우인 데이비드 개릭은 셰익스피어의 흉상이 들어간 자신의 장서표에 메나주[52]의 말을 인용하여 새겨 넣었다. "책을 빌린 사람이 가장 먼저 해야 할 일은 그 책을 읽는 것이오. 그래야 빨리 돌려줄 수 있을 테니."

하지만 책을 빌리는 족속의 머릿속에는 빌려온 책을 읽어야 한다는 생각은 가장 뒷전으로 밀려나 있으며, 나중에야 빌린 책을 돌려주어야 한다는 생각이 드는 듯하다. 메나주는 빌린 책을 돌려주지 않은 안젤로 폴리치아노의 행동을 대단히 몹쓸 비행처럼 묘사했다(『메나지아

---

52   17세기에 활약했던 프랑스의 언어학자이다.

나Menagiana』, 파리, 1권, 265쪽, 1729). "폴리치아노는 폼포니우스 라투스[53]에게서 루크레티우스의 저작을 빌려간 다음 무려 4년 동안이나 돌려주지 않았다." 무려 4년이다! 책을 빌린 사람의 관점에서는 4년도 순간에 불과한 것이다. 메나주는 또한 자신의 친구가 파우사니아스의 책을 빌려갔으며, 4개월이면 충분히 읽고도 남았을 텐데도 3년 동안 돌려주지 않았노라고 비난했다.

넉 달이면 돌려주기에 충분하거늘.

At quarto saltem mense redire decet.

책을 빌려주는 일에 만족이란 있을 수 없다. 책을 빌려간 사람은 책을 망가뜨릴 뿐 그에 대한 보상은 전혀 하려 들지 않는다. 토머스 드퀸시도 그랬고 새뮤얼 테일러 콜리지도 그랬다. 존슨 박사조차 예외는 아니었다. 기록에 따르면 박사는 "온화한 인정의 손길에 맡겨진 책을 기름기로 더럽히고 책 모서리를 접기도 한다. 그 무심한 태도는 마치 자신의 가발을 그을릴 때와 다를 바 없었다". 다만, 성실하고 조심스러운 사람들에게는 책을

---

53   15세기 이탈리아의 인문주의자이다.

빌리는 이들보다 더 성가신 인종이 있는데, 바로 일부러 책을 빌려주려는 사람들이다. 이들은 굳이 자신의 책을 빌려주려 한다. 나는 이런 유의 자비를 강요받을 때마다 빌리게 된 책을 서랍장에 넣고 잠근 다음 책을 다시 돌려주는 날까지 꺼내보지 않는다.

책을 빌리려는 사람을 피하는 예방책 같은 것은 없다. 유일한 방법은 픽세레쿠르처럼 단호하게 책을 빌려주지 않겠다고 단언하는 것이다. 픽세레쿠르의 장서표에 새겨진 문구는 책은 절대 변치 않는 친구un livre est un ami qui ne change jamais였다. 픽세레쿠르는 책이 남의 손에 들어갔다 돌아오면, 마치 이야기시『탐레인Tamlane』[54]에서 요정의 여왕이 말하듯 결혼한 친구가 "여인이 빌려간 뒤" 달라지는 것처럼 책도 변해버린다는 사실을 잘 알고 있었다.

요정의 여왕은 말한다.

"탐레인이여, 내가 만일 알았더라면,

여인이 그대를 빌려갈 것을 알았더라면

그대의 두 회색빛 눈동자를 꺼내고

---

[54] 스코틀랜드에서 전해져 내려오는 이야기시로, 요정 여왕의 손에서 탐레인을 구출해내는 내용이다.

그 대신 나무로 된 눈동자를 넣어두었을 텐데."

요정의 여왕은 말한다.
"탐레인이여, 만일 내가 알았더라면,
그대가 집에서 돌아오기 전에
그대의 살로 이루어진 심장을 꺼내고
그 대신 돌로 만든 심장을 넣어두었을 텐데."

픽세레쿠르는 도서실 문의 상인방에 서로 대구를 이루는 두 줄짜리 글귀를 새겨놓았다.

누군가 빌려간 책의 운명은 슬프도다.
늘 망가지는 것은 물론 분실되는 일도 부지기수라네.

폴 라크루아는 픽세레쿠르라면 딸에게조차 책 한 권 빌려준 적이 없을 것이라고 말했다. 한번은 라크루아가 픽세레쿠르에게 별 가치 없는 책 한 권을 빌려달라고 했는데, 픽세레쿠르는 얼굴을 찌푸리고는 친구를 도서실 문으로 데려가 상인방에 새겨놓은 좌우명을 가리켰다고 한다. 그러자 라크루아 왈, "물론이네. 하지만 이 시구가 다른 사람은 몰라도 나한테까지 적용될 거라고는 생각하지 않았지". 픽세레쿠르는 그 책을 아예 라크루아에게 선사했다.

그러나 우리 모두가 이 무뚝뚝하지만 '대단한' 수집가를 흉내 낼 수는 없는 일이다. 평범한 애서가들은 자신의 장서표에 문장을 새겨 넣거나 기발한 글귀를 새기는 고풍스러운 방식으로써 책에 대한 소유를 주장하며 위안을 삼아왔다. 레스터 워런과 풀레 말라시는 이 빈약한 예술 분야의 역사에 대한 책을 쓰기도 했다. 애서가라면 누구나 장서표에 새긴 글귀로써 빌린 책을 돌려주지 않는 이들에게 자신만의 저주를 내릴 수 있다. 딱히 소용없는 일이지만 납판에 도둑을 저주하는 글을 새겨 데메테르 여신의 신전에 걸어두는 그리스인들처럼 마음의 위안으로 삼을 수도 있을 테다. 각 수집가는 장서표 도안에 나름대로 취향을 반영할 수 있는데, '호메로스'의 희귀본을 사랑하고 수집하는 이들에게 이런 글귀를 조심스럽게 제안하려 한다. 호메로스 서사시의 알다스판을 빌려간 사람이 혹시 보고 마음이 움직여 책을 돌려줄지도 모르는 일이다.

(텔레마코스는) 네가 잘 돌려보내주도록 하여라.

네게는 그럴 능력이 있으니까.

그러면 그는 무사히 고향 땅에 닿게 될 것이고……

πέμψον ν ἐπισταμένως, δύνασαι γάρ,

ὥς κε μάλ' ἀσκηθὴς ἣν πατρίδα γαῖαν ἵκηται.[55]

유쾌한 책『책의 적들』에서 윌리엄 블레이즈는 책 도둑에 대해서 이렇다 할 언급을 하지 않는다. 실로 넓은 도량을 지닌 블레이즈는 대신 이렇게 말한다. "책 도둑은 책 소유주에게 피해를 입힐지는 모르지만 책 자체에 해를 입히지는 않는다. 책은 단순히 이 서가에서 저 서가로 옮겨갈 뿐이다." 이 문장을 통해 우리는 자연히 책 도둑의 윤리적인 측면을 고찰하게 된다. 책 도둑이 언제나 악인인 것은 아니다. 그 옛날, 언어에 섬세함이 있고 도덕주의자들에게 감성이 있던 시절, 프랑스인들은 '책 도둑'이라는 말 대신 '책 도벽 환자'라는 말을 사용했다. 가게에서 물건을 슬쩍하는 숙녀들을 신문이 '도벽 환자'라며 부드럽게 표현하는 것과 마찬가지다. 두 호칭 간에는 분명한 차이가 존재한다.

자넹은 정감 가는 약점을 지닌 파리의 큰 서적상에

---

[55]   호메로스『오디세이』V권, 25-26행. 제우스가 아테나에게 아버지를 찾아 여행을 떠난 텔레마코스를 이제 그만 고향으로 무사히 돌려보내라고 명령하며 하는 말이다.

대해 이야기한다. 책 도벽 환자라고 부를 만한 사람이었던 그에게는 손 닿는 곳에 있는 책을 일단 주머니에 챙겨 넣는 습관이 있었다. 모든 이가 이 애서가의 습관을 잘 알고 있었기 때문에, 경매장에서 책이 사라지기라도 하는 날이면 경매인은 정식 절차에 따라 사실을 발표하고 해당 책을 그에게 낙찰시킨 뒤 나중에 정기적으로 책값을 받았다. 이 서적상이 어떤 가게에서 내놓은 책을 비공개로 살펴본 날에는 직원이 문을 지키고 서 있다가 그가 문을 나설 즈음 혹시 엘제비어판의 호라티우스나 알다스판의 오비디우스가 주머니에 있지 않은지 물었다. 그는 주머니를 뒤져보고는 외쳤다. "맞습니다, 맞아요. 여기 있군요. 정말 감사드립니다. 이렇게 정신이 없네요." 자넹은 같은 버릇을 지닌 영국 귀족 '피츠제럴드 경'에 대해서도 이야기한다. 불운하게도 이 귀족은 경찰의 손에 잡히고 말았다. 자넹은 이들을 비롯하여, 책을 훔치는 사람을 모질게 대하지 않는다. 책을 훔치는 사람도 결국 책을 사랑하는 사람이라고 여기기 때문이다.

책 도둑이라는 악한의 도덕적 지위가 너무도 미묘하고 까다롭기 때문에 우리는 아리스토텔레스의 윤리학적인 관점, 엄격하면서도 로코코적인 관점에 따라 책 도둑의 윤리를 다뤄볼 것이다. 여기서는 아리스토텔레스의

행방불명된 소논문 「책에 대하여Concerning Books」의 일부를 발췌하여 소개한다.[56]

사색의 미덕 중에는 책을 사랑하는 미덕이 있다. 이 미덕에는 용기나 관용 같은 미덕과 마찬가지로 중용의 경지와 과잉의 경지, 그리고 결핍의 경지가 있다.

책에 대한 사랑이라는 미덕에서 결핍의 경지는 곧 무관심이다. 책을 사랑하는 미덕이 부족한 사람을 가리키는 마땅한 용어가 없으니, 여기서는 이런 이를 난폭한 블레셋인이라고 부르기로 하자. 이들은 아침 식사에 나온 버터용 나이프로 자신의 책 혹은 친구에게 빌린 책의 책장을 자른다. 또한 '헛장'이라는 용어의 이중적인 의미를 고의로 오해하고는 자신의 책에 있는 '헛장'을 허투루 사용해버린다. 난폭한 블레셋인은 책장의 모서리를 접어놓기를 좋아하고 서둘러 책을 덮어야 할 때는 책장 사이에 파이프를 꽂아 넣어 읽던 자리를 표시한다. 심지어 책을 펼쳐두기 위해 책장 위에 의자 다리를 올려놓기도 한다.

---

56   저자는 이 논문이 아리스토텔레스가 쓴 것이라 가정하고 글을 이어가지만, 논문 내용에 프랑스혁명이 언급되는 등 실제로 아리스토텔레스가 쓴 논문이라고는 볼 수 없다. 저자가 아리스토텔레스가 썼을 법한 가상의 논문을 창작하여 썼거나, 다른 사람이 그러한 의도로 쓴 글을 발췌하여 인용한 듯 보인다.

이들은 책 여백의 종이를 찢어 파이프에 불을 붙이는 사람들을 청찬하고 삽화를 덮은 트레이싱지를 찢어내 담배를 만다. 이런 이들이라면 자신의 책을 장정할 때, 여백을 남기지 않고 바짝 잘라내도록 할 것이다.

이런 사람은 "내가 책을 사는 이유는 읽기 위해서다"라고 말한다. 그러나 왜 꼭 책을 망가뜨려야 하는지에 대해서는 입을 열지 않는다. 그는 책의 장정을 잡아 뜯기도 한다. 이런 범죄적인 행동을 우리는 단순한 악덕이라기보다는 짐승 같은 성질θηριότης, 즉 수성獸性이라 불러야 할지도 모른다. 악덕은 본질적으로 인간적인 속성이지만 책의 장정을 뜯어내는 행동은 그야말로 짐승 같은 짓이기 때문이다. 우리는 여전히 프랑스혁명 시대에 살았던 괴물 같은 인간들에 대해 이야기한다. 이들은 모로코 가죽으로 장정되고 귀족의 문장이 찍힌 책을 구한 다음 가죽 장정과 양피지 장정을 뜯어내고 책을 불 속으로, 창밖으로 던지면서 "이제 그 귀족 놈은 손을 씻지 않고도 안심하고 책을 읽을 수 있게 되었구나" 외쳤다. 이런 이들이 바로 책에 무관심한 사람이다. 이들은 결핍의 경지에 있으므로, 즉 책을 사랑한다는 사색적인 미덕이 부족하기에 죄를 저지른다.

한편 책을 사랑하는 일에서 정확하게 중용을 유지하는

사람을 우리는 애서가라 부른다. 애서가의 행복은 독서에 있지 않다. 독서는 사색적이라기보다 능동적인 행위이기 때문이다. 애서가의 행복은 책의 장정과 삽화와 속표지를 음미하며 사색하는 데 있다. 그러므로 이들의 행복은 우리가 신의 것이라 여기는 지복至福의 속성을 띤다. 지복 또한 사색적인 행복이기 때문이다. 우리는 이들 애서가들이 비록 필멸의 행복이라는 한계에서 벗어날 수 없지만 "행복하다"고, 심지어는 "축복받았다"고 말한다. '두려움이 없음'이라는 주제에서 중용의 경지를 우리는 용기라 부르고 결핍의 경지를 비겁함이라 부르며 과잉의 경지를 무모함이라 부른다. 책을 사랑하는 미덕에서도 마찬가지다. 이미 살펴보았듯이 중용의 경지는 진정한 애서가의 미덕이라는 형태로 나타나며 결핍의 경지는 난폭한 블레셋인의 죄라는 형태로 나타난다. 반면 도를 넘는 과잉의 경지는 책에 대한 욕심으로 나타난다. 지나치게 책을 사랑한 나머지 욕심이 과해진 사람이 바로 책 도둑이다. 책 도둑의 악덕은 사색이 아닌 행동으로 모습을 드러낸다(사색에서 도를 넘은 과잉이란 존재할 수 없기 때문이다).

책은 흔히 말하듯 구입이나 교환을 통해 손에 넣을 수 있다. 두 방법 모두 책을 파는 이와 책을 사는 이, 양편 모두에게 거래하고자 하는 의지가 있을 때 이루어지는 자발적인 교환이다. 그러나 간혹 다른 방식, 비자발적인 접촉으로도 책을 손에 넣을 수 있다. 책의 소유주는 내줄 생각이 없는데 소유주가 아닌 사람이 책을 가져가기로 결심하는 경우가 그러하다. 이런 사람이 바로 책 도둑이며 그는 몇 차례 비자발적인 접촉을 통해서 소유주가 내놓을 의사가 없는 책을 자신의 것으로 만든다.

여기서 이런 의문이 떠오른다. 책을 능멸하는 난폭한 블레셋인과 도가 지나치게 책을 사랑하는 책 도둑 중 누가 더 나쁜 시민인가? 여기서 행동의 결과만을 놓고 본다면 (벤담학파가 주장하는 바에 따라) 난폭한 블레셋인이 더 나쁜 시민인 게 분명하다. 이들은 국가적 재산으로 보존해야만 하는 책을 엉망으로 더럽히고 훼손하기 때문이다. 반면 책 도둑들은 자신이 습득한 책을 보물처럼 장식하여 보존한다. 그래서 책 도둑이 죽거나 감옥에 가게 되면 국가는 그 장서를 팔아 수익을 챙길 수 있다. 가장 위대한 책 도둑이었던 리브리는 먼지와 오용의 구덩이에서 수많은 책을 구출해낸 뒤 보랏빛과 금빛으로 화려하게 장정하여 보관했다.

이런 경우 책은 자연스럽게 그 가치를 인정하는 사람에게 속하게 된다는 주장이 생겨날 수도 있다. 좋은 책이

우둔하거나 무관심한 이의 수중에 놓이는 상황은 『정치학』에서 "자연의 법칙에 어긋난다"라고 여긴 노예제의 일종 같은 상황으로, 결코 용납되어서는 안 된다. 그렇다면 우리는 난폭한 블레셋인을 더 나쁜 시민이라고 규정하는 한편, 책 도둑은 더 악한 사람이라고 말해야 하는가? 아마도 이 질문은 다른 논문에서 새롭게 다루어야 할 주제일 것이다.

여기, 사라진 소논문 「책에 대하여」의 발췌에서 우리는 이 스타게이로스인이 책 도둑이 저지르는 윤리적 범법 행위의 정확한 속성을 정의하는 데 어려움을 겪었음을 읽어낼 수 있다. 수집가로서 그리고 직관적인 도덕주의자로서, 아리스토텔레스는 책 도둑을 비난하기가 다소 어렵다는 점을 깨달은 게 분명하다. 다만 아리스토텔레스는 단순히 금전적인 수익을 위해 책을 훔치는 사람들(아리스토텔레스가 "이재에 밝은" 혹은 "부자연스러운" 책 도둑질이라고 부르는)과, 자신이 책의 정당하고 도리에 맞는 주인이라고 생각해서 책을 훔치는 사람들을 명확하게 구분하고 있다.

아리스토텔레스보다는 호라티우스를 좀더 열심히 연구했던 자넹 또한 똑같은 구분법을 사용한다. 자넹은 애서가들과 나누는 가상의 대화에서 리브리의 사망 소식을 전하는 한 인물을 소개한다. 너그러운 마음씨를 지닌 이 인물은 비보를 전하면서 이렇게 제안한다. "그 슬픈 무덤에 꽃 몇 송이를 바치는 것이 어떻겠나? 그 또한 결국 책을 사랑하는 이였을 뿐이잖나. 어떻게 생각하는가? 좋은 사람 중에서도 책을 훔치고도 마지막에는 품위 있는 죽음을 맞이한 사람이 많지 않은가." 클럽의 회장은 대답한다. "그렇지. 하지만 좋은 사람이라면 자신이 훔친 책을 팔지 않았겠지. (…) 이 얼마나 엄청난 치욕이자 불운이란 말인가!"

여기서 등장하는 리브리라는 인물은 루이 필리프 치하에서 프랑스 공립 도서관들의 감사관으로 일했다. 1848년에 재판을 받았을 무렵, 리브리가 훔친 책의 가치는 알려진 것만 무려 2만 파운드에 이르는 것으로 추정됐다. 리브리가 훔친 수많은 절도품 중에는 당시에 알려지지 않고 넘어간 것도 많았다. 프랑스의 저널 『르 리브르Le Livre』에 따르면 애시버넘 경은 리브리의 재판 후 얼마 지나지 않아 자신의 장서로부터 모세 5경의 일부를 발견했다. 이 유물은 리브리가 1847년에 털었던 리옹 도서관의 장서였다. 작고한 전대 애시버넘 경은 리브리의 도둑질에 대해서는 전혀 알지 못한 채 이 유물을 샀던 것이다. 11년 뒤 당대 애시버넘 경은 보물의 정당한 소유주가 누군지 알게 되었고 곧장 모세 5경을 리옹도서관에 돌려주었다.

저명한 인물 중에도 책 도둑이 많았다. 탈망 데 로[57]의 기록에 따르면 인노켄티우스 10세는 아직 몬시뇰 팜필리오[58]였을 무렵에 화가인 에티엔 뒤몽스티에의 책을 한 권 훔친 적이 있다. 재미있게도 뒤몽스티에 또한 책 도둑이었다. 뒤몽스티에는 오랫동안 찾아 헤매던 책 한 권을 퐁뇌프 다리의 고서 노점상에게서 어떻게 훔쳐냈는지 자주 자랑하곤 했다. 탈망은(자넹이 탈망의 글을 참고한 것 같지는 않다) "나중에 책을 되팔지 않는 이상 책 훔치는 일을 도둑질이라 생각하지 않는 사람이 많다"고 말한다. 그러나 뒤몽스티에는 본인의 장서에 관해서는 한층 관대하지 못한 모습을 보였다.

교황의 사절로 파리를 찾은 바르베리니 추기경은 훗날 인노켄티우스 10세가 되는 몬시뇰 팜필리오를 수행원으로 데려왔다. 추기경이 뒤몽스티에의 화실을 방문했을 때 팜필리오는 탁자 위에 『트리엔트 공회의의 역사 L'Histoire du Concile de Trent』가 놓여 있는 것을 보았다. 런

---

57   17세기 프랑스의 작가로, 저서로는 『일화집』이 가장 잘 알려져 있다.
58   몬시뇰은 가톨릭 고위 성직자에 대한 존칭이다.

던에서 출간된, 상태가 좋은 판본이었다. 젊은 성직자는 생각했다. '참으로 유감이구나. 어떤 우연의 장난인지는 모르겠지만 이런 남자가 이토록 가치 있는 책의 주인이라니.' 이런 심정으로 팜필리오는 자신의 수도복 안에 그 책을 감추었다. 그 모습을 본 뒤몽스티에는 옹졸한 마음으로 미친 듯이 화를 내며 추기경을 향해 성직자라는 사람이 도둑, 강도를 데리고 다녀서야 되겠느냐며 악담을 퍼부었다. 곧 뒤몽스티에는 『트리엔트 공회의의 역사』를 도로 빼앗고는 난폭한 중상의 말과 함께 미래의 교황을 화실에서 쫓아냈다. 프랑스의 역사가 아멜로 드 라 우세예는 인노켄티우스 10세가 왕권과 프랑스 국민을 증오하게 된 배경에는 이 사건이 놓여 있다고 주장한다.

자넷의 기록에 따르면 또 다른 교황도 추기경 시절 메나주에게서 책 한 권을 훔쳤다. 그러나 이 절도에 대한 메나주 자신의 기록은 찾아볼 수 없다. 아마도 메나주는 본인의 말 한마디로 발생할 수 있는 엄청난 추문을 의식한 듯하다. 그는 추기경들이 비온의 『아도니스를 위한 비가Lament for Adonis』에 나오는 장미처럼 얼굴을 붉히게 만들고 싶지 않아 진실을 묻어둔 듯싶다.

브랑톰의 기록에 의하면 귀족 중의 책 도둑으로는 카트린 드메디시스가 있다. "스트로치 원수는 아주 훌륭한 장서를 소장하고 있었다. 원수의 사망 후 왕대비는 원수의 아들에게 언젠가 그 값을 지불해주겠다고 약속하면서 원수의 장서를 몰수했다. 그러나 아들은 이후 동전 한 닢도 구경하지 못했다." 프톨레마이오스 왕가 역시 대규모의 책 도둑들이었으며, 알렉산드리아도서관에는 '배에서 온 책들'이라는 방이 있었다. 이 방은 기항하는 배의 승객들에게서 훔친 희귀본들로 가득 채워져 있었다. 책의 원래 소유주들은 고대의 필사본을 건네주는 대가로 그 복제본을 받기는 했지만, 이 교환은 아리스토텔레스도 말했다시피 '강제적인' 성격을 지녔으며 강도질과 크게 다르지 않았다.

또 다른 유명한 책 도둑으로는 열정을 극단까지 밀어붙인 나머지 유감스러운 결과를 낳았던 돈 빈센테가 있다. 스페인의 성직자였던 빈센테는 아라곤의 포블라수도원 출신이었다. 스페인 혁명으로 수도원 도서관이 약탈당할 무렵 빈센테는 바르셀로나로 피신하여 로스 엔칸테스의 기둥 아래 자리를 잡았다. 골동품 상인들과 고서 상인들의 노점이 장사하는 곳이었다. 빈센테는 이 어두운 은신처에 팔고 싶지 않은 보물들을 숨겨두었다. 어느 날 그는 한 경매에 참가했다가 아주 희귀한, 어쩌면 세상에 단 한 권뿐일지도 모르는 책을 낙찰받으려 했으나 결국 실패했다. 경매로부터 사흘 뒤, 바르셀로나 시민들은 "불이야!"라는 외침에 잠에서 깨어났다. 빈센테가 얻지 못한 책인 『발렌시아의 칙령과 조례Furs e ordinacions del regne de València』(1482)를 산 남자의 집과 상점이 불길에 휩싸여 있었다. 불을 끄고 난 후에야 집주인의 시체가 발견됐다. 검게 타버린 손에는 파이프가 쥐어져 있었고 그 옆에는 얼마간의 돈이 놓여 있었다. 사람들은 다들 "집 주인이 담배 파이프에 불을 붙이려다 집에 불을 낸 것이 틀림없다"고 이야기했다.

이 사건 이후로 경찰은 매주 길거리에서, 하수구에서, 강가에서 살해당한 남자들의 시체를 발견했다. 젊은 이도 있었고 노인도 있었다. 모두 남에게 해를 끼치지 않고, 싫은 소리를 못 하며 살아온 사람들이었다. 그리고 그들은 모두 애서가였다. 보이지 않는 손에 쥔 단검이 애서가들의 심장을 찌른 것이다. 살인자는 자신이 죽인 이들의 지갑이나 돈, 반지에는 손대지 않았다. 경찰은 도시 전체를 대대적으로 수색하면서 빈센테의 상점도 뒤지게 되었다. 그들은 상점의 구석진 벽장에서 불에 타 죽은 희생자의 집에서 함께 없어져야 했을 『발렌시아의 칙령과 조례』를 발견했다. 빈센테는 어떻게 그 책을 손에 넣었는지 신문을 받았다. 그는 차분한 목소리로 자신의 장서를 바르셀로나도서관으로 이전하여 보관해 달라고 요구한 다음, 긴 시간 동안 범죄 사실을 자백했다. 곧 빈센테가 경쟁 상대를 목 졸라 살해하고 책을 훔친 다음 집에 불을 질렀다는 사실이 밝혀졌다. 도시 곳곳에서 살해당한 이들은 빈센테가 결코 단념할 수 없었던 책들을 사간 사람들이었다.

재판에서 빈센테의 변호인은 이 자백이 거짓이며 빈센테가 자신의 책들을 정당한 방법으로 구입했다는 점을 증명하려고 노력했다. 그러나 법정은 1482년 람베르트 팔마르트가 펴낸 『발렌시아의 칙령과 조례』는 세상에 단 한 권으로, 피고인이 유일본을 소장하던 희생자의 도서관에서 책을 훔쳐낸 것이 분명하다고 주장하며 변호인의 의견을 반박했다. 변호인은 루브르박물관에 또 다른 판본이 소장되어 있다는 사실을 증명한 뒤, 다른 판본이 더 있을 가능성도 있으므로 피고가 이 판본을 정당한 방법으로 입수했을 수 있다는 주장을 펼쳤다. 그때 이전까지는 냉담한 자세를 유지했던 빈센테가 갑자기 발작하듯 소리를 질렀다. 시장이 물었다. "빈센테여, 마침내 당신이 저지른 범죄의 심각성을 깨달았는가?" "오, 시장님. 정말 어설픈 실수를 저질렀습니다. 지금 제가 얼마나 비참한지 이해하실 수 있다면!" "인간의 정의는 완고하지만 그 위에는 무한한 자비를 지닌 또 다른 정의가 있다. 회개하기엔 결코 늦지 않았다." "오, 시장님, 하지만, 제 책은 유일본이 아니었습니다!" 이 뉘우침을 모르는 도둑의 이야기를 마지막으로 책 도둑 이야기를 마치려 한다. 그전에 한 가지, 디브딘은 개력이 책도둑의 한 명으로서 덜위치대학의 도서관에서 앨린[59]의 책을 훔쳤다고 주장하고 있다.

책 도둑보다 한층 더 증오스러운 도둑놈 심보를 지닌 사람들이 있다. 바로 '책 아귀Book-Ghoul'다. 책 아귀는 책 도둑의 도둑질에 더해, 훔친 책을 조각조각 잘라내어 훼손하는 가증스러운 악덕을 지니고 있다. 책 아귀는 책의 속표지, 권두 삽화, 삽화, 장서표를 수집한다. 책 아귀는 공공 도서관과 개인 도서관을 살금살금 배회하면서 책갈피에 젖은 실을 끼워 넣는다. 젖은 실은 서서히 책 아귀가 탐내던, 삽화가 들어 있는 책장을 잘라낸다. 책 아귀는 아라비아의 미신에 등장하는 음란한 악귀처럼 위대한 죽은 이들이 남긴 책 위로 보기 싫은 그림자를 드리운다. 책 아귀의 역겨운 취향은 다양하게 갈린다. 책 아귀는 미국 시장을 겨냥한 책을 준비하기도 한

---

59 덜위치대학의 창립자인 에드워드 앨린을 가리킨다.

다. 미합중국에서 인기 있는 크리스마스 책은 모두 진본에서 잘려 나간 삽화들로 채워져 있다. 여기서 미국 신문에 실린 기사를 조금 인용하겠다.

이야기할 가치가 있는 또 다른 크리스마스 책으로는 전면 삽화가 풍부하게 수록된 역사작품과 문학작품이 있다. 물론 이런 책은 부유층을 제외하고는 쉽게 손에 넣을 수 없는 책들이다. 지난해 보스턴에서 전시된, 워싱턴에 대한 5000달러짜리 책만큼 훌륭한 작품이 미국 시장에 소개된 적은 우리가 아는 한 지금까지 한 번도 없었다. 그러나 현재는 그만큼 훌륭한 책들이 적지 않게 소개되고 있다. 스크라이브너 출판사의 포스터는 『디킨스의 생애Life of Dickens』의 아름다운 판본을 소개하고 있다. 이는 옥타보판 세 권의 책장을 뜯어내 갈아 끼우고 장식을 다시 넣은 끝에 4절판 아홉 권으로 재탄생된 판본이다. 이 책에는 판화와 초상화, 풍경화, 광고 전단, 속표지, 장서 목록, 디킨스가 쓴 글의 교정쇄 삽화, 온휜[60]이 그린 일련의 전면 삽화, 크룩섕크와 '피즈'[61]가 그린

---

[60] 찰스 디킨스의 책 『픽윅 클럽 여행기』의 삽화가이다.
[61] 해블롯 K. 브라운. 피즈라는 이름으로 잘 알려져 있으며 디킨스의 여러 작품에 삽화를 그렸다.

진귀한 판화, 디킨스의 자필 편지 등이 800여 점 수록되어 있다. 물론 2년 전 1750달러에 거래되었던 하비의 디킨스와는 비교할 수 없지만, 이 책은 비슷한 책들 중에서도 특히 훌륭한 판본이다. 게다가 책 수집 분야에 처음 발을 들인 초보자도 알다시피, 현재 디킨스 소설의 초기 판본과 여기에 수록된 전면 삽화들은 점점 더 구하기 어려워지고 있다(그레인저 파들이 디킨스의 책을 조각조각 뜯어내고 있는 상황에서 초기 판본이 희귀해지는 것도 무리는 아니다.—원주]. 그러므로 투자의 관점에서 볼 때 디킨스가 작가 초년 시절 쓴 작품은 어떤 것이든 견실한 투자 대상이라고 볼 수 있다.

같은 종류의 작품으로는 토머스 매콜리가 쓰고 트리벨리언 부인[62]이 삽화를 그린 판본이 있으며 가격은 240달러다. 이 책에는 진귀한 초상화들이 수록되어 있다. 이보다 더 가격이 낮은 책으로는 삽화가 추가되어 나온 『판화의 역사Histoire de la Gravure』가 있다. 여기에는 오래된 판화의 복제화가 73점 수록되어 있으며 초기 판화가들이 찍어낸 상태 좋은 시험본이 200여 점 수록되어 있다. 이중 상당수가 첫 번째 스테이트나 두 번째

---

62   19세기 영국의 판화가이다.

스테이트다.[63] 115달러라는 값은 특히 판화를 수집하는 이들에게는 그야말로 '싼값'일 테다. 또 다른 훌륭한 작품으로는 브레이가 쓴 『에벌린Evelyn』의 도서관 판본이 있다. 250여 점의 초상화와 풍경화가 담긴 이 책의 가격은 175달러다. 또 다른 책으로는 존 보이델이 펴낸 『밀턴Milton』이 있다. 여기에는 리처드 웨스톨의 작품을 복제한 전면 삽화와 함께 화가의 초상화가 28점, 전면 삽화가 181점 수록되어 있다. 이중 대다수가 글이 들어가기 전에 찍어낸 교정쇄다. 이 책의 가격은 325달러다.

이러한 책 아귀들보다 한층 악독한 이가 바로 도덕적 책 아귀다. 도덕적 책 아귀는 귀중한 책에서 자신이 생각하는 도덕 기준에 맞지 않는다고 생각되는 단락을 펜으로 지워버린다. 나는 훌륭한 삽화가들이 삽화를 그린 파인의 『호라티우스』를 한 권 갖고 있다. 이 책은 도덕적 책 아귀의 수중에 들어간 적이 있는데, 아귀는 자신의 예민한 감성을 건드리는 시구를 모조리 지워버렸을 뿐만 아니라 삽화에 등장한 인물들과 "덤불 속에 숨은 님프의

---

63 판화에서 제판 상태를 확인하기 위해 만든 시험 인쇄본을 '첫 번째 스테이트'라고 한다. 시험 인쇄는 판화를 고치면서 반복되며, 순서에 따라 '몇 번째 스테이트'라고 불리게 된다.

가슴" 부분을 실제로 아예 잘라내버렸다. 지난 세기 타르튀프[64]의 영혼이 죄인의 몸으로 들어왔던 것이다.

골동품 책 아귀는 책의 속표지와 판권지를 훔친다. 심미적인 책 아귀는 필사본에서 채식 머리글자만을 잘라낸다. 옹졸하며 변변찮은, 멍청하기까지 한 오늘날의 책 아귀는 장서표를 도용하기 위해서 헛장과 책 표지를 해면으로 문지른다. 오스틴 돕슨은 적의 손에 쥐어진 젖은 해면을 두려워하는 내용이 담긴, 옛 「장서표의 불평 Complaint of a Book-plate」을 발견한 적이 있다[이 구절들은 1881년 1월 8일 출간된 『주석과 질의Notes and Queries』[65]에서 찾아볼 수 있다.─원주].

장서표의 탄원

신전의 신사 씀

냉소적인 찰스[66]가 여전히 날개깃을 다듬고 있을 무렵

---

64 몰리에르가 쓴 희극의 제목으로, 극의 주인공 타르튀프는 독실한 척하는 위선자이다. 이 작품은 그의 편협한 신앙을 비난하고 있다.
65 『주석과 질의』는 1년에 네 번 간행되는 학술지로 주로 언어와 문학, 역사에 대한 글을 싣는다. 1849년 처음 출간된 이 잡지는 지금도 옥스퍼드대학 출판사에서 출간되고 있다.
66 찰스 2세를 가리키며 뒤이어 등장하는 '제임스'는 제임스 2세를, '앤'은 앤 여왕을 가리킨다.

케루알과 캐슬메인[67] 사이에서 갈팡질팡하고 있을 무렵

그 때문에 존 에벌린이 골치를 썩이던 시절

내 첫 주인이 나를 붙여놓았다지.

네덜란드 사람이 왔던 추웠던 시절

제임스와 함께 좁은 해협을 건너갔지.

토성의 시대, 앤의 시대가 시작되었을 때

나는 다시 한번 고향 땅을 밟았다지.

나는 내가 겪은 모든 과거의 일부라지.

조지도 잘 알고 있지, 최초와 마지막 조지를 말이야,

다른 이가 가지 않았던 곳에도 자주 갔었지,

애디슨[68]의 거대한 가발 속만 빼놓고는.

그리고 내 밑에 있던 서가에선

포프의 의욕적인 작은 책도 보았지.

나를 소유했던 세 번째 주인을 잃었던 건

데팅겐 전투[69]에서 노아유 공작이 도망쳤을 때였지.

제임스 울프가 퀘벡을 놀라게 한 해에

네 번째 주인은 사냥을 나갔다가 제 목을 부러뜨렸지.

---

67   모두 찰스 2세의 정부이다.
68   17-18세기 영국의 수필가이자 시인이자 정치가인 조지프 애디슨을 가리킨다.
69   1743년 오스트리아의 왕위 계승 전쟁 중에 바바리아의 데팅겐에서 영국과 프랑스가 맞붙었던 전투로 영국군이 승리를 거두었다.

윌리엄 호가스가 세상을 떠나던 날

다섯 번째 주인이 나를 치프사이드에서 발견했지.

이 주인은 학자라고 했어,

그리스어 실력이 그 물건보다 튼튼한 그런 사람들 말이야.

이 주인은 고서를 사랑하고 독한 에일을 좋아했어.

그래서 스트리탬에서 스레일[70]의 옆집에 살았지.

바로 이 집에서 내가 자랑하는 기름 얼룩이 묻었어.

존슨 박사가 제가 먹던 토스트에서 묻힌 거지.

(박사가 그런 게 확실해, 내 생각엔 앙심을 품고 그런 거지.

나의 주인이 박사를 자코바이트[71]라 불렀거든!)

이제 오늘에 와서 내가 바라는 것 하나는

이런저런 결정적인 위기들이 지난 후 post discrimina

안식을 취하는 것뿐이라네.

놋쇠 자물쇠가 달린 서가에서 안전하게

목사의 희끗해지는 머리카락을 바라보면서.

내가 먼 곳에서 온 뼈들을 묻어야 하는가?

그 수집가의 무덤에 말이야!

내가 찢겨 나가 던져져야 하는가?

---

70   18~19세기 활약했던 영국 웨일스의 작가로 새뮤얼 존슨의 친구이다.
71   명예혁명 이후 스튜어트 왕가를 복위시키려는 운동의 지지자를 가
      리킨다.

권두 삽화와 판권지와 함께 말이지.

정처 없이 떠도는 E와 I와 O의 머리글자들과 함께,

약탈당한 폴리오판의 전리품들과 함께 말이지.

오려낸 스크랩들과 책 조각들, 모두 나에게는

쓸모없는 것들, 부엌에서 함께 타버릴 동료일 뿐이지!

아니, 아니, 친구여, 이 부탁을 들어주오.

나를 단번에 찢어 버려주오,

나를 다른 곳에 붙이지 말아주오.

첼트넘, 1792년 9월 31일

거만한 책 아귀는 그 하얗고 깨끗한 여백에 연필로, 아니면 한층 더 치명적인 잉크로 자기 생각을 끄적인다. 그도 아니라면 책장에 잉크병을 크게 엎지른다. 앙드레 셰니에의 친구도 한번은 셰니에가 가진 프랑수아 드 말레르브의 책에 잉크를 엎지른 적이 있었다. 여기서 수집가에게 책 아귀와의 교제를 멀리하라고 경고할 필요는 없을 것이다. 책 아귀는 그 외모부터 오만하고 역겨우며 『아라비안 나이트』에 나오는 아름다운 여성 악귀인 아미나만큼도 환심을 사지 못한다.

또 다른 책의 적은 이 주제에 걸맞도록 조심스럽게 이

야기되어야 할 것이다. 책의 뿌리 깊은 적은 바로 여성이다. 여성들은 소설과 귀족명감과 역사를 다룬 유명한 책을 제외하면, 책이라는 이름에 걸맞은 책은 모두 싫어한다. 물론 이사벨라 데스테와 퐁파두르 후작부인, 맹트농부인이 수집가였음은 사실이다. 그 밖에도 이 일반화된 규칙에서 벗어나는 훌륭한 예외들이 존재한다는 사실은 부인할 수 없다. 그러나 전반적으로 볼 때, 여성은 수집가가 열망하고 찬양하는 책들을 몹시 싫어한다. 그 이유는 다음과 같다. 첫째, 여성은 책을 이해하지 못한다. 둘째, 여성은 책의 신비로운 매력을 질투한다. 셋째로 책수집에는 돈이 든다. 더럽고 낡은 장정에 알아보기 어려운 문자가 적힌 노란 종이를 위해 돈을 쓰다니, 숙녀에게 진실로 견디기 어려운 일이다. 그러므로 부인들은 서적상의 도서 목록과 작은 전쟁을 치른다. 따라서 역사에는 한도를 넘어 새로 산 책을 집에 들여올 때 밀수범처럼 간교한 술수를 부려야 했던 남편들의 이야기가 전해진다.

결혼한 남자의 대다수는 엘제비어판을 수집하는 것으로 수집의 규모를 줄인다. 엘제비어판은 손쉽게 주머니에 숨길 수 있기 때문이다. 반면 폴리오판을 몰래 들여오기란 결코 쉬운 일이 아니다. 책에 대한 이 뿌리 깊은 반감 때문에 나이 든 수집가가 세상을 떠나기라도 하는 날에는 개탄스러운 일이 다반사로 벌어진다. 골동품 학자들이 "집안 여자"라 부르는 부인들이 수집가의 보물을 가장 근처에 있는 시골 서적상에게 헐값에 팔아버리는 것이다. '가정에서의 예술Art at Home'[72] 시리즈에서 이런 주제로 이야기해야 한다니 참으로 울적한 의무가 아닐 수 없다. 그러나 유산으로 장서를 상속받은 여성들이 너무 급하게 책을 팔아치우지 않는 데 도움을 준다면, 이 작은 책을 쓴 것은 헛된 일이 아닐 것이다. 그러므로 장서를 팔아치우기 전에는 반드시 책의 가치에 대해 객관적이고 제대로 된 평가를 받아보기를 여성들에게 권한다. 여성들이 수천 파운드가 나가는 보물들을 고작 10파운드 지폐 한 장에 넘겨버리고는 흥정을 잘했다며 뿌듯하게 여기는 경우를 너무 많이 보았다.

여기서 여성 모두에게, 책 수집가의 아내들에게 귀감이 되는 역사 속 인물을 마땅히 받아야 할 경의와 함께 소개하도록 하자. 바로 페르티오 부인이다. 부인은 아래의 매력적인 트리올레[73](『책을 사랑하는 사람들Les Amou-

---

72   1881년 출간 당시 이 책은 맥밀란 출판사의 '가정에서의 예술' 시리즈 중 하나로 소개되었다.

73   중세 프랑스에서 유행한 8행시 형식으로 1행은 4행과 7행으로, 2행은 8행으로 되풀이되는 구조를 갖는다.

reux du Livre』, 35쪽)를 지어 남편에게 바쳤다.

책이 그대의 정신을 지배한다면 그렇게 두리라!
그대의 심장만은 내 것이며, 나만의 것이니.
내가 그대에게 무엇을 더 요구할 수 있으리오.
책이 그대의 정신을 지배한다면 그렇게 두리라!
행복해하는 그대에게서 나는 만족을 본다오.
책의 세계가 그대 자신의 것이기를 바라노니.
책이 그대의 정신을 지배한다면 그렇게 두리라!
그대의 심장만은 내 것이며, 나만의 것이니.

Le livre a ton esprit......tant mieux!

Moi, j'ai ton coeur, et sans partage.

Puis-je desirer davantage?

Le livre a ton esprit......tant mieux!

Heureuse de te voir joyeux,

Je t'en voudrais......tout un etage.

Le livre a ton esprit......tant mieux!

Moi, j'ai ton coeur, et sans partage.

책을 보존하기에 가장 좋은 방법이 하나 있다. 안타깝
게도 이 방법을 쓰면 책을 빌리는 이들과 훔치는 이들,

그리고 쥐와 책벌레들이 한층 더 몰려든다. 하지만 이는 먼지와 태만에서 책을 보호하기 위해 절대적으로 필요한 조치다. 바로 책을 장정하는 것이다. 기술자가 조심성이 없으면 책을 장정하다가 망가뜨리는 일도 허다하다. 하지만 우리의 책이 낱장으로 흩어지는 일을 막기 위해서는 장정 외에 다른 방도가 없다. 또한 장정해두어야 책이 어느 날 휴지 조각으로 오해받아 버려지지 않을 수 있다.

장정이 훌륭한 책들, 특히 유명한 수집가의 장서라면 그 문학적 내용이 별것 아니더라도 높은 가치로 평가받는다. 데롬이나 르 가스콩, 뒤죄유의 솜씨를 통해서 가죽으로 장정된 책은 다른 모든 책이 사라지고 난 뒤에도 그 판본의 견본으로 소중하고도 주의 깊게 다루어질 것이다. 프랑스에서는 책을 그저 실로 꿰매어놓는데, 이런 책의 실이 늘어나거나 종이 표지가 말려 올라가거나 찢겨 나간 모습만큼 보기 싫은 것도 없다. 책장이 한 장이라도 분실된다면 더 큰일이다. 완전하지 않은 책은 쓸모가 없으므로 소유주는 같은 책을 다시 사는 데 돈을 써야만 한다. 다시 구할 수 있을지도 미지수다. 그 판본이 지금은 절판되었을 수도 있기 때문이다. 그러므로 책을 장정하는 일은 단지 장서에 금박을 입혀 보기 좋게

정렬시켜놓음으로써 도서실의 품위를 높이는 역할에 그치지 않고 가계 살림에도 도움을 준다.

천을 씌워 장정하는 일이 많은 영국에서는 장정의 필요성이 그리 피부에 와닿지 않는다. 영국의 출판업자들은 부드러운 빛깔의 천으로 장정하기를 좋아한다. 이러한 천 표지에 금색이나 하얀색, 혹은 그 비슷한 색으로 인쇄된 풍경화가 들어가는 경우가 많다. 이런 표지는 새것이고 깨끗할 때까진 눈을 즐겁게 해줄지도 모르지만, 얼마 지나지 않아서 때가 타며 흉물스러워지고 만다. 충분히 어두운 색조의 천으로 장정한 책이라면 다시 장정할 필요가 없을지도 모르나, 연노랑이나 연보라색 천으로 씌운 표지라면 얼마 지나지 않아 장정기술자의 도움을 필요로 하게 될 것이다.

최근 들어 책 장정을 다룬 수많은 글이 등장했다. 이 장의 뒷부분에서 우리는 장정 예술 분야에서 역사적으로 중요한 작품들과 더불어 위대한 거장들의 공적을 살펴볼 것이다. 우선 지금은 현실적인 규칙에서부터 이야기를 시작하려 한다. 책은 책의 성격과 가치에 걸맞게 장정되어야 한다. 물론 애서가들은 마음 가는 대로 해보라고 한다면 소장한 모든 장서를 모로코가죽이나 러시아가죽(이 가죽이 그토록 빨리 낡지만 않는다면)으로 장정하려 들 사람들이다. 그러나 현실적으로 이런 일을 실행할 능력이 있는 사람은 그리 많지 않다. 그렇기에 모로코가죽으로 장정하는 책은 정말 희귀본이거나 가치 있는 책으로만 제한해야 한다. 물론 아주 운이 좋아서 셰익스피어의 4절판이나 알두스 마누티우스[74]의 걸작을 손에 넣게 되었다면 당장 제일 솜씨 좋은 장정기술자를 찾아 책을 맡기면서 가치에 걸맞은 대접을 해달라고 부탁해야 할 것이다.

　오래된 영국의 책들, 이를테면 모어의 『유토피아』 같은 작품은 자신의 문장을 찍은 송아지 가죽으로 표지를 만들어주어도 좋겠다. 라블레나 클레망 마로의 초기 작품들은 그롤리에가 선호했던 양식으로, 즉 기하학적 문양이 새겨진 가죽으로 장정해달라고 부탁하자. 몰리에르나 코르네유의 희곡작품은 베네치아의 손뜨개 레이스를 연상시키는 금박 무늬를 입힌, 르 가스콩의 우아한 현대 양식을 따라 장정해보자. 바로 이런 무늬를 위해 라퐁텐은 몰락도 기꺼이 감수하려 했던 것이다! 지난 세기에 쓰인 소설가의 작품은 투브냉Thouvenin 양식의

74　15-16세기 활약했던 이탈리아의 출판업자로 이탤릭체를 최초로 도입하고, 현대의 문고판처럼 간편하고 싼 책의 보급에 힘썼다. 그가 간행한 서적을 통틀어 알다스판이라고 부른다.

아 라 판파르a la fanfare[75] 무늬로 표시해두자. 셰익스피어의 폴리오판은 판을 댄 러시아가죽으로 꾸미고, 100여 년 전에 출간된 영국의 책들은 로저 페인의 견고한 양식에 따라 옷을 입히면 좋을 것이다.

또한 애서가라면 드 투나 헨리 3세, 두앵, 뒤바리 부인을 비롯한 17-18세기 수집가들의 전례를 따라 자신의 문장이 찍힌 가죽으로 책을 장정하고 싶은 마음이 들 것이다. 그러나 값어치가 높은 책 중에는 새로운 표지를 씌워 장정하기가 꺼려지는 책들도 있다. 오래된 양피지나 종이 표지가 씌워진, 책장의 다듬재단을 하지 않은 알다스판이나 엘제비어판의 책들은 그 위대한 인쇄업자의 인쇄기에서 나온 상태 그대로 보존되는 편이 좋다. 그 편이 훨씬 더 큰 매력을 간직한 유물이 될 수 있기 때문이다. 이런 책을 보관하기 위해서는 모로코가죽으로 책 모양의 상자를 만들고, 책등 부분에 제대로 제목을 새겨 넣는 방법이 있다. 이 방법을 쓴다면 원본에는 손을 대지 않고도 다른 장정된 책들과 나란히 서가에 꽂아놓을 수 있다. 원본 그대로의 표지를 지닌 셸리의 시집이나 초판본 형태를 유지하는 키츠 또는 테니슨

---

75   16세기 유행한 당초무늬로 식물의 덩굴이나 줄기를 도안화한 장식무늬를 뜻한다.

의 작품 또한 같은 방법으로 보관해도 좋을 것이다.

수집가인 동시에 작가인 사람들은 자기 자신의 작품을 모로코가죽으로 장정하여 소장하고 싶을 수도 있다. 책이 장정의 도움을 받아 시간의 폭풍 속에서 무사히 살아남을지도 모르기 때문이다. 그러나 아주 희귀하거나 가치 있는 책이 아닌 이상 대개는 반가죽 장정만으로도 충분하다. 반가죽 장정이란 책등과 귀발이[76] 부분만을 가죽으로 장정하고 표지의 나머지 부분을 천이나 종이 혹은 다른 적절한 재료로 장정하는 방식이다. 옥스퍼드 대학의 한 교수는 반가죽 장정이 아리스토텔레스가 말한 "보잘것없음 Μικροπρέπεια," 혹은 "초라함"을 잘 보여주는 사례라고 말했다.

반가죽 장정을 권유하는 것은 완벽함보다는 편의를 위한 조언에 더 가깝다. 수집가가 모두 백만장자일 수는 없는 법이다. 또한 한 가지 사실을 기억해야 한다. 진정으로 현명한 수집가는 결코 돈을 헤프게 쓰지 않는다. 자신의 취미 때문에 '금전적 문제가 일으키는 옹졸한 울적함'에 젖어서도 안 될 것이다. 샤를 노디에의 사례를 우리의 교훈으로 삼도록 하자. 아니, 그는 장서를 팔아

---

76   책 표지에서 펼쳐지는 쪽의 모서리 부분을 뜻한다.

빚을 갚을 수라도 있었다. 우리의 장서는 아마도 우리가 낸 금액만큼의 값도 받지 못할 것이다. 하나 더 덧붙이자면, 반가죽 장정에는 수집가의 취향을 반영할 여지가 많다.

옥타브 우잔은 『애서가의 변덕Les Caprices d'un Biblio-phile』이라는 소책자에서 이 주제에 관해 몇 가지 조언을 하고 있다. 조언을 따를지, 따르지 않을지는 독자가 판단할 몫이다. 우잔은 평범한 반가죽 장정이 단조로우며 아무런 의미도 담고 있지 않다는 점을 지적한다. 반가죽 장정이 된 책의 표지 대부분을 덮은 종이나 천은 대개 미학적으로 볼품없으며 심지어 보기 흉하기까지 하다. 우잔은 양단이나 자수를 놓은 천, 베니스산 벨벳이나 이와 비슷한 천의 오래된 조각들로 표지를 장식하라고 제안한다. 고인이 된 아름다운 부인들의 옷자락을 잘라 만든 책 표지는 마릴리에가 삽화를 그려 넣은 클로드 크레비용의 연애 소설과 잘 어울릴 것이다. 우잔은 "여기 우리가 만든 퐁파두르 양식의 장정본을 소개한다"고 자랑스럽게 말했다. 다만 책을 장정하는 기술자가 이런 주문을 실행하도록 만들려면 강력한 의지가 필요하다고 덧붙이고 있다.

또한 우잔은 우리의 정직한 영국 서가가 진저리치며

내칠 법한 종류의 책은 보아뱀 가죽으로 장정하라고 권한다. 그 가죽이 '경고의 의미'를 담고 있다는 점에서 책 내용과도 잘 어울린다는 점만은 분명하다. 금박 무늬가 새겨진 특이한 색조의 중국 혹은 일본 가죽은 『밤의 가스파르Gaspard de la Nuit』[77]라든가 『아편 중독자Opium Eater』, 에드거 앨런 포나 제라르 드 네르발의 시집 같은 환상문학 작품을 장정할 때 잘 어울릴 것이다. 다시 말하면 반가죽 장정 분야에는 애서가가 취향을 마음껏 발휘할 수 있는 미답지未踏地가 펼쳐져 있는 셈이다. 시간을 약간 투자하기만 하면 돈을 많이 들이지 않고도 반가죽 장정을 예술의 경지까지 끌어올릴 수 있으며, 현대의 책들에게 특이하면서도 적절한 옷을 입혀줄 수 있다.

피르맹 디도는 좀더 심각한 문제에 대해서 몇 가지 조언을 남겼다. 바로 표지 전체를 모로코가죽으로 장정할 때 사용해야 하는 가죽의 색깔에 대한 문제다. 디도는 『일리아스』는 붉은 가죽으로, 『오디세이』는 푸른 가죽으로 장정할 것을 권했다. 옛 그리스의 음유시인들이 『일리아스』의 한 장면인 「아킬레우스의 분노」를 암송할 때는 진홍빛 망토를 둘렀으며 『오디세이』의 한 장면인

77　프랑스의 시인 베르트랑의 산문시로 환상적인 분위기가 특징이다. 라벨은 이 시에서 악상을 얻어 동명의 곡을 작곡했다.

「오디세우스의 귀환」을 노래할 때면 푸른빛 망토를 걸쳤기 때문이다. 위대한 성직자의 저작에는 보랏빛 가죽이 어울릴 테고 추기경의 저서에는 붉은빛 가죽이 어울릴 것이다. 철학자의 저서에는 진지한 검은 가죽옷이 어울릴 테며 파나르 같은 시인의 시집에는 장밋빛 가죽이 어울릴 것이다. 이런 식으로 장정하길 좋아하는 수집가라면 올리버 골드스미스의 시집에 '티리언 자줏빛의 공단 외투'[78]를 입혀주려 할지도 모른다. 또한 이렇게 사치스러운 취미와 정반대의 재료를 쓸 때, 즉 평범한 책을 장정할 때는 버크럼[79]만큼 싸고 깔끔하며 튼튼한 재료가 없다는 점을 덧붙이고 넘어가도록 하자.

어떤 책이 장정이 잘된 책인지는 간단명료하게 설명할 수 있다. 책의 장정이란 튼튼함과 우아함을 겸비해야 한다. 책을 쉽게 펼칠 수 있어야 하며 어느 쪽을 펼치든 펼친 상태 그대로 놓아둘 수 있어야 한다. 책을 읽을 때 표지를 억지로 펼쳐둬야 하는 일은 절대 있어서는 안 된다. 쉽게 펼칠 수 없는 책은 얼마나 비싼 장정을 했든 간

---

[78] 올리버 골드스미스의 재단사가 남긴 주문서에서 '티리언 자줏빛의 공단 외투'라는 항목이 발견되었다. 골드스미스는 화려하게 차려입는 것을 좋아했다고 알려져 있다.

[79] 풀이나 아교를 발라 빳빳하게 만든 아마포로 양복의 심이나 책의 제본에 사용된다.

에 책으로서 제대로 대우받지 못하는 책이다. 최근에 출간된 책, 특히 삽화가 들어 있는 책이라면 장정을 맡겨서는 안 된다. 인쇄 잉크가 마르는 속도가 더딘 까닭에 '책 누르기' 과정을 거칠 때 인쇄된 글씨가 반대쪽에 묻어날 수 있기 때문이다. 루베르는 새로 인쇄된 책이라면 장정하기까지 1~2년은 기다려야 한다고 조언한다.

책의 소유주라면 당연하게도 장정기술자에게 여백을 가능한 한 많이 남겨달라고 사정하기 마련이다. 그리고 장정기술자, 이 '난폭한 시골뜨기durus arator'는 또한 당연하다는 태도로 그 야만스러운 재단기를 통해 여백을 바짝 잘라내버릴 것이다. 여백은 언제나 손대지 않은 채 남겨두어야 한다고 주장하고 싶을 정도다. 한번 여백을 잘라낸 장정기술자는 그 매혹적인 즐거움에 저항할 수 없게 되어 여백을 아주 바짝, 심지어는 인쇄된 글의 안쪽까지 잘라내버릴 것이기 때문이다. 블레이즈는 캑스턴판 몇 권을 동네 장정기술자의 손에 맡겼다가 500파운드어치의 여백을 날려버린 한 귀족의 슬픈 이야기를 전하기도 했다. 똑같은 책이라도 여백의 유무에 따라 400파운드의 가치가 나갈 수도 있고 "여기 있는 책 모두 4펜스"라고 쓰인 상자행이 될 수도 있다. 옛 상인인 모틀레이의 말버릇처럼 "이발하지 않은 머리털과 더

불어Intonsis capillis", 다듬지 않은 머리 타래가 있는 엘제비어판은 종이 표지로 된 판본이라 해도 모로코가죽으로 장정됐으며 롱주피에르의 황금양모 인장이 찍힌 같은 책보다 더 값비쌀 수도 있다. 그러나 예전이나 지금이나 책 장정기술자는 이런 사실에 무관심하다.

이 글을 쓰는 지금, 내 책상 위에는 『시골 사람에게 보내는 편지, 혹은 루이 드 몽탈트가 시골의 한 친구와 예수회 신부들에게, 이 신부님들의 도덕과 정책에 대하여 써보낸 편지Les Provinciales, ou Les Lettres Ecrites par Louis de Montalte à un Provincial de ses amis, & aux R.R. P.P. Jesuites』(쾰른, 피에르 드 라 발레 펴냄, 1658)가 한 권 놓여 있다. 이 책은 엘제비어판, 혹은 엘제비어판으로 통하는 판본이다. 하지만 장정기술자가 여백을 너무 바짝 잘라낸 나머지 제목에 있는 '시골 사람에게 보내는 편지'라는 문구가 거의 책장 꼭대기에 닿으려 하고 있다. 이 철면피 같은 기술자는—양식을 보아하니 혁명이 일어나기 전, 테롬의 시대에 살았던 것이 분명해 보이는데—각 책장의 난외 표제까지 잘라먹기 일쑤였다. 따라서 이 책은 오래된 붉은 모로코가죽 표지에 책등에는 꽃 모양 금박 무늬가 있음에도, 그 이웃인 『팡세』(볼프강, 1672)에 어울리는 상대가 되지 못한다. 분별 있는 네덜란드인이 양피지로 장정한 『팡세』는 여백이 충분히 남아 있으며 그 옆에 꽂힌 모로코가죽 이웃에 비해 무려 3센티미터 정도나 "키가 크다".

여기에는 또한 『성가신 사람들, I. B. P. 몰리에르의 희곡, 팔레루아얄극장에서 상영됨LES FASCHEUX, Comedie de I. B. P. MOLIERE, Representee sur Le *Theatre du Palais Royal*』(파리, "왕궁의 프리소니에 회랑에서 가브리엘 천사의 은총 아래 왕의 윤허를 받아 가브리엘 키네 펴냄", 1663)이 놓여 있다. 애서가라면, 그리고 오직 애서가만이 이 제목의 건조한 단어들로부터 즐거운 기억을 떠올릴 수 있을 것이다. 서적상인 키네는 '왕궁'에 살았는데, 이 '왕궁'의 아름답고 고풍스러운 회랑은 바로 코르네유가 자신의 희극 『왕궁의 회랑La Galerie du Palais』의 무대로 삼았던 곳이다. 1774년 제네바에서 출간된 코르네유의 책에는 이 장소를 묘사한 그라블로의 삽화가 수록되어 있다. 1762년에 르 뮈르가 새긴, 우아한 매력으로 가득한 작품이다.

이 삽화에는 옥스퍼드에 있는 보들리도서관의 회랑과 똑같은 형태로 보이는, 기다랗게 뻗은 회랑이 있다. 아치 기둥 아래 자리한 고서점들은 앞과 옆쪽으로 문을 열어 놓고 있다. 도리망과 클레앙트가 고서점 안에서 밖을 내다본다. 한 사람은 창턱에 놓인 책에 몸을 기댔으며 다른 한 사람은 문가에 기대어 서 있다. 두 사람은 맞은편 상점에서 레이스 상인과 흥정을 벌이는 아름다운 이폴리트[80]를 지켜본다. "당신들 노래보다 이 얼굴이 더 중요하지요." 도리망이 서적상에게 말한다. 두 사람은 어슬렁거리다가 책을 사고서는 레이스 주름과 리본 장식, 드리워진 머리 타래, 폭넓은 카논[81]을 장난삼아 집적거린다. 몰리에르가 아직 젊었을 무렵, 이 작고 낡은 책이 아직 새것으로서 왕궁 회랑의 정직한 키네 서점 안 선반에 놓여 있을 무렵의 풍경이다.

내가 가지고 있는 2판이 아닌, 『성가신 사람들』의 초판본은 그 속표지와 쪽수에서 나름의 부침을 겪었다. 푸케에 대한 헌정사가 부득이하게 삭제되었기 때문이다. 이 총신은 보에 있는 자신의 저택에서 이 희극으로 국왕과 라 발리에르 부인[82]을 즐겁게 해주었지만 이후 국왕의 총애를 잃고 실각하면서 지위와 자유는 물론 이 작품의 헌정사마저 잃게 되었다. 하지만 몽테뉴의 충고에 따라 이만 본 주제로 돌아가 보자retombons à nos coches. 몰리에르와 그 조그만 옛 세계의 유물이라 할 수 있는, 이

---

80   모두 『왕궁의 회랑』에 나오는 등장인물이다.
81   다리를 감싸는 각의로 폭넓은 장화 위에 다는 주름 장식이나 리본 장식을 가리킨다.
82   루이 14세와 그 정부를 뜻한다.

유쾌하고도 작은 희극은 무자비하게도 1776년 디도가 출간한 「보석에 대하여Des Pierres Précieuses」라는 소논문과 함께 묶여 제본됐다. 당연하게도 보석에 대한 논문보다 희곡의 크기가 더 컸기 때문에 장정기술자는 자수정과 루비를 다루는 논문 크기에 맞춰 희곡의 여백을 잘라내버렸다. 죽은 자와 산 자를 함께 사슬로 묶었던 이탈리아의 독재자처럼, 잔인한 침대에서 희생자들을 불구로 만들었던 프로크루스테스처럼, 이 몰인정한 프랑스 장정기술자는 옛 희곡을 잡아 묶고 불구로 만들어버린 것이다. 이렇게 망가지지만 않았다면 이 책은 상당한 가치가 나가는 한편 그 매력도 잃지 않았을 것이다.

이 장에서 우리는 책을 깨끗하고 깔끔하게 보관하는 법을 초보 수집가에게 알려주었다. 어떤 사람과 괴물을 피해야만 하는지, 책을 빌리려는 이들과 책벌레와 먼지와 습기로부터 어떻게 책을 보호해야 하는지도 살펴보았다. 그러나 우리는 이따금 이미 더러워진 책, 때 묻은 책, 누렇게 변해버린 책, 붉은 얼룩이 묻은 책, 기름투성이 손으로 다뤄져 해져버린 책, 잉크 얼룩이 묻은 책, 누군가 낙서를 끄적거린 책을 사야만 할 때가 있다. 그간 인간의 기술은 이런 흠집을 수복하는 방안을 찾아냈다. 나는 단 한 번도 책을 내 손으로 수선해보려 한 적이 없으며 이런 처치는 전문가의 손에 맡겨두는 것이 최선이라고 생각한다. 그러나 프랑스와 영국의 저자들은 낡은 책을 직접 수선하는 여러 방법을 제시하고 있다. 수집가는 솜씨에 자신이 생길 때까지 고서 노점의 4펜스 상자에 있는 아무 낡은 책을 골라 연습해보아야 할 것이다.

책에 생길 수 있는 얼룩 중 '기름 얼룩'이 있다. 엄지손가락 자국이나 등유 자국(밤늦게까지 불을 켜고 있던 흔적)일 수도 있고 낡은 셰익스피어에 오래된 파이 껍질 부스러기나 촛농이 떨어져 생긴 자국일 수도 있다. '얇은 얼룩'도 있다. 진흙이 묻은 흔적, 봉랍을 붙였던 자국, 잉크 자국, 먼지나 습기 얼룩이다. 책을 깨끗하게 하기 위해서는 가장 먼저 제본된 책을 풀어내고 낡은 표지를 떼어낸 다음 오래된 실 땀을 잘라내고 책장을 한 장씩 분리해야 한다. 그다음 '기름 얼룩'이 묻은 책장을 꺼낸다. 꺼낸 책장을 뜨겁고 평평한 다리미로 다린 다음 얼룩 부분에 깨끗한 압지 한 장을 대고 누른다. 압지가 기름을 다 빨아들이면 낙타털 붓에 데워놓은 테레빈유를 묻혀 얼룩이 졌던 자리에 붓질한다. 종이의 색이 빠졌다면 데운 알코올에 적신 결이 고운 손수건으로 색이 빠진 부분을 부드럽게 눌러준다. 이 방법으로는 어떤 종류의 얼룩도 뺄 수 있지만 손가락 자국만은 지우지 못한다. 손가락 자국이 있을 때는 그 자리를 깨끗한 비누로 덮어두고 몇 시간 내버려둔 다음 뜨거운 물에 적신 해면으로 닦아내야 한다. 그후 약한 산성 용액에 종이를 적신 뒤 깨끗한 물을 담은 통에 담근다. 잉크 얼룩이 묻은 책장은 처음에는 강한 옥살산 용액에 적신 뒤 염산을 여섯 배의 물로 희석한 용액에 담근다. 그다음 깨끗한 물로 씻어내고 서서히 말려두면 끝이다.

영국 방식도 몇 가지 소개하겠다. 해닛은 『제본술Bibliopegia』에서 "기름이나 봉랍 얼룩은 클로로포름이나 벤진으로 씻어낸 다음 하얀 압지 사이에 끼워 넣고 그 위를 다리미로 다리면 지울 수 있다"고 말했다. 또한 "염소 용액"으로 잉크 얼룩을 지울 수는 있지만 동시에 종이가 표백될 수도 있다고 주장했다. "열매 하나 크기"(코코넛 열매인지 개암 열매인지 모르겠지만)만큼의 석회 염화물을 1파인트의 물에 넣은 다음 낙타털 붓에 적셔 얼룩진 부분을 인내심 있게 닦아낼 수도 있다. 낡은 가죽 표지에 윤을 내기 위해서는 "달걀노른자를 분리하여 포크로 으깬 다음 해면에 묻힌다. 이후 마른 플란넬 천으로 깨끗이 닦아놓은 가죽에 발라준다". 그러나 이보다는 다른 작가가 『주석과 질의』에 쓴 주장 쪽이 더 설득력 있게 들린다. "더 나을지는 모르겠지만 한층 쉬운 방법은 장정기술자가 사용하는 광택제를 사는 것이다." 광택제는 달걀노른자를 사용하는 방법과 같은 식으로 쓸 수 있다. 양피지로 만든 표지는 비누와 물로 씻어낼 수 있으며 상태가 나쁜 표지라면 레몬즙에 소금을 넣은 묽은 용액으로 씻어내면 된다.

마지막으로 수집가는 로운데스의 『서지학 Bibliography』이나 브뤼네의 『입문서 Manuel』 같은 책을 반드시 수중에 두고 있어야 하며, 책값이 표시된 여러 서적상의 도서 목록을 손에 넣을 수 있는 한 많이 갖고 있는 편이 좋다. 쿼리치나 본, 퐁텐, 모르강과 파투의 도서 목록은 책의 시장 가격을 파악하는 데 훌륭한 안내서가 되어 줄 것이다. 르누아르가 쓴 알다스판에 대한 책이나 빌렘이 쓴 엘제비어판에 대한 책, 프랑스 판화에 대한 코엔의 저서에 대해서는 적절한 시기에 다시 이야기하도록 하겠다. 디브딘의 책은 다소 부정확하고 장황한 면이 없지 않지만 이따금 재미 삼아 즐겁게 읽을 수 있을 것이다.

3장

수집가의 장서

수집가가 손에 넣고 싶어할 만한 수없이 많은 책을 체계적으로 설명하는 가장 손쉬운 방법은, 아마도 역사의 흐름을 따라 필사본에서부터 이야기를 시작하는 것일 테다. 어느 시대이든 간에 문학적 자취를 남겼던 시대는 모두 수집가가 사랑함 직한 유물을 남겨주었다. 여기서 칼데아인χαλδαί의 점토판 책에 대해서는 이야기하지 않고 넘어갈 것이다. 초콜릿 판처럼 생긴 아슈르바니팔도서관의 점토판 문서는 고대 문화를 연구하는 학생들에게는 소중한 자료일지 몰라도 수집가들이 탐내는 물건은 아니다. 수집가들이 찾는 가장 초기의 문서는 바로 채식 필사본이다.

필사본을 장식하는 예술의 역사는 고대 이집트 시대

까지 거슬러 올라가지만, 여기서는 아름다운 파피루스에 시간을 낭비하지 않으려 한다. 파피루스는 몇몇 이집트 학자를 제외하면 판독할 수 없는 책이기 때문이다. 고대 그리스에 존재했던 그 수많은 책 중에서 지금 남아 있는 책은 알아보기 어려운 파피루스 몇 권뿐이다. 로마와 초기 비잔틴의 예술을 보여주는 대표작으로는 베르길리우스의 필사본과 『일리아스』 필사본의 단편들이 있는데, 이중 『일리아스』에 실린 그림의 복제화들은 화려한 책(밀라노, 1819)으로 출간된 적이 있다. 이 책은 그리스의 필사본 예술이 미개한 수준에서 벗어나지 못했음을 보여준다. 제국 후기에 들어서야 채식 필사본은 가장 사랑받는 예술 분야로 떠올랐으며 전해지는 바로는 보에티우스 자신도 채식에 몸담은 적이 있었다.

비잔틴 제국의 성상파괴주의자들은 성인이나 성자, 성부, 성령의 삼위를 그림으로 표현한 책들을 모두 파괴했다. 유명한 화가이자 수도사였던 라자루스 또한 성스러운 책을 채식했다는 이유로 잔인한 고문을 받았다. 서유럽에서 채식 기술이 쇠퇴하던 무렵 샤를마뉴는 필사본을 제작하기 위해 영국과 아일랜드에서 화가들을 수소문했으며 영국과 아일랜드의 수도사들은 나름의 고유한 특색을 지닌 양식을 개척해냈다. 케임브리지의 코퍼

스크리스티도서관은 현존하는 영국의 필사본 중에서도 가장 초기 작품이자 가장 아름다운 작품들을 소장하고 있다. 금색으로 글씨가 필사되고 보라색으로 얼룩진 이 양피지 문서들은 우리 수집가들이 평생 손에 넣을 수 없는 존재들이다. 그러니 우리가 꿈꿔볼 수 있는 필사본은 너무 초기의 것도, 너무 고가의 것도 아니다.

사실 일반적으로 속세의 필사본들은 수집가들이 손댈 수 있는 범위 밖에 존재한다. 그러나 필사본 수집에는 인쇄본 수집과 비교할 수 없는 큰 장점이 있다. 모든 필사본은 세상에서 오직 하나밖에 없다는 사실이다. 다른 필사본과 완벽하게 똑같은 필사본이란 이 세상에 존재하지 않는다. 이 사실 하나만으로도 훌륭한 필사본 장서는 책 수집가들에게 크게 인정받을 만하다. 그러나 필사본 수집에는 그 과정에 쓰이는 비용이 만만치 않다는 점 외에도 더 심각한 문제가 한 가지 더 있다. 어떤 필사본이 완전한지 여부를 판단하는 일이 극히 어려운 때가 허다하며, 어떤 때는 판단이 아예 불가능하다는 문제다.

이런 난제를 극복하려면 수집가가 열심히 공부하고 배울 수밖에 없다. 안타깝게도 많은 수집가는 필사본 분야의 문외한이다. 그러나 이런 난제를 극복하기만 한다면 필사본 수집에 따르는 이점은 종종 헤아릴 수 없을 만큼 커진다. 또한 필사본을 수집하는 수집가는 채식 필사본을 연구하는 데서 오는 즐거움―문학적인 동시에 예술적인 즐거움―을 누릴 수 있다. 더 나아가 필사본으로 이뤄진 장서는 분명 시간이 지날수록 그 가치가 놀라운 속도로 높아진다.

이 부분을 확실하게 짚고 넘어가기 위해 두 가지 사례를 소개하려 한다. 몇 년 전 한 저명한 수집가는 그리자이유grisaille[83] 방식으로 채식된 프랑스의 작은 기도서 한 권을 30파운드에 사들였다. 수집가가 이 보물과 만나게 된 곳은 한 시골 마을이었다. 수집가는 필사본의 채식 양식이 가장 최근의 것이었음에도, 이는 보물이 분명하다고 생각했다. 얼마 전 그의 장서가 뿔뿔이 흩어지게 되었는데 이 필사본은 260파운드에 팔렸다.

1873년, 이름이 널리 알려진 퍼킨스 경매에서는 참으로 아름다운 초기 필사본이 한 서적상에게 565파운드로 낙찰되었다. 일부가 보랏빛인 바탕에 금박 글씨가 필사된 이 책은 도서 목록에서 '9세기나 10세기'의 작품이라고 표시되어 있었지만 실제로는 10세기 말이나 11세

---

83 회화 및 공예 용어로 회색조의 색채만 사용하여 그 명암과 농담으로 그림을 그리는 화법이다.

기 초의 작품이었다. 그후 얼마의 값으로 넘어갔는지는 모르지만, 결국 이 필사본은 브래그의 장서가 되었고 3년 후 다시 시장에 나왔다. 이때의 판매 가격은 780파운드였다.

채식 필사본을 수집하고 싶은 수집가라면 대영박물관이나 이와 비슷한 장소에서 시간을 들여 진지하게 공부해야 한다. 아울러 다음의 지식을 철두철미하게 숙지하고 있어야 한다. 첫째, 중세에 사용되었던 글씨체에 정통해야 한다. 그래야 앞에 놓인 책이 만들어진 시대를 한눈에 정확하게 판단할 수 있다. 둘째, 여러 종류의 예배서의 책장 차례를 조사할 때 빠진 장이 있는지 확인할 수 있는 적절한 방법을 알아야 한다. 채식 필사를 위해 선택된 책의 열 권 중 아홉 권은 이런 예배서이기 때문이다.

이중 글씨체에 대한 지식은 F.S.A.(Fellow of the Society of Antiquaries of London, 런던 골동품 연구협회)의 찰스 트라이스 마틴이 최근 출간한 책에서 간접적으로나마 습득할 수 있다. 이 책은 『아스틀의 글씨체의 발달Astle's Progress of Writing』의 신판이다. 물론 더 좋은 방법은 어느 정도 출간된 시대가 정확하게 판명이 난 책들을 실제로 비교하며 조사하는 것이다.

판매용 도서 목록에서도 책의 시대가 잘못 기재되는 일은 비일비재하다. 글씨체가 오래된 시대의 책일수록 더 수수하다는 기준으로만 단순하게 판단되기 때문이다. 실제로 십중팔구는 그 기준이 맞는다. 학자에게 12세기와 16세기의 글씨를 함께 보여주고 비교해보라고 한다면 단박에 각 글씨의 시대를 판단해낼 것이다. 그러나 이전에 나는 도서 목록에 15세기 작품으로 기재되어 있었으나 실제로는 12세기 초반, 혹은 그보다 더 오래전의 작품이 분명한 작은 성서와 '우연히 마주치는' 행운을 만난 적이 있었다. 도서 목록의 시대가 잘못 기재된 덕분에, 나는 그 책을 상당히 낮은 가격에 얻어냈다.

필사본의 책장 차례를 조사하여 빠진 장이 있는지를 확인하는 '낙장 조사'에 대해 말하자면, 어떤 책이 완전한지 그 여부를 가리는 확실한 방법은 유감스럽게도 존재하지 않는다. 캐치워드[84]가 장 아랫부분에 남아 있는 책이라면 책장이 빠졌는지 확인하기 쉬울 테다. 그러나 캐치워드 같은 단서가 없다면, 필사본이 완전한지 판단하는 유일한 방법은 그 책에 어떤 내용이 담겨 있어야

---

84 16세기에는 제본을 할 때 책장이 누락되지 않도록 다음 장에 나오는 첫 단어를 그 전장의 아래쪽 난외에 인쇄해 넣었는데, 이를 캐치워드라고 한다. 캐치워드를 넣는 관습은 인쇄 기술이 발달하면서 18세기 무렵 사라졌다.

하는지를 완전히 통달하는 것뿐이다. 내용을 완전하게 통달하려면 옛 시절 사용되었던 다양한 종류의 예배서를 연구하고 각각에 담긴 일반적인 내용을 파악하는 수밖에 없다.

나는 '기도서Book of Hours'의 낙장 조사를 공부할 때 고 윌리엄 티트 경이 F.S.A.의 한 모임에서 발표한 논문으로부터 많은 것을 배웠다. 그러나 기도서 외에도 수많은 종류의 필사본이 있으므로, 이들에 대해서도 어느 정도는 알아두어야 한다. 기도서는 호라이Horae라고도 불리는데, 이는 그 이전 시대에 사용되던 예배서가 가장 발전된 형태다. 사실 기도서는 오직 개인적인 기도를 위한 책으로, 엄격하게 말하면 예배서라고 부를 수는 없다. 13세기와 그 이전 시대의 개인적인 기도 시간에는 시편85을 사용했다. 그러므로 시편의 책장 차례를 파악하는 일은 기도서의 책장 차례를 파악하는 일보다 실제로 더 중요하다. 기도서의 낙장 조사 방법을 습득하려면 시편의 책장 차례부터 공부하는 편이 좋다. 시편의 책장 차례를 습득한다면 기도서의 가장 기본적인 형태를 파악할 수 있기 때문이다. 덧붙여 이 두 가지 필사본의 관

---

85 150편의 종교시를 모은 구약 성경의 한 편으로 신의 은혜에 대한 찬미와 메시아에 관한 예언적 내용을 다룬다.

계를 서지학적으로 살펴보도록 하자.

1874년 벌링턴클럽의 유명한 전시회는 한 시대의 양식이 얼마나 오랫동안 유지되는지를 보여주려는 목적에서 몇 권의 필사본을 전시했다. 필사본에서 장식의 모양이나 테두리에 들어간 그림의 배치 형태는 한번 정해지고 나면 몇 세대가 지나도 그대로 유지됐다. 13세기에 나온 시편의 1월 달력 아래쪽에는 난롯가에서 몸을 녹이는 작은 몸집의 기괴한 인물이 그려져 있다. 굴뚝 위에서는 황새가 새끼들에게 먹이를 주는 중이다. 난롯가 바닥에 있는 굴뚝의 통풍관과 굴뚝이 이루는 선이 테두리처럼 그림을 둘러싼다. 이 그림은 당시 가정집의 내부를 들여다본 해부도처럼 보인다. 전시된 가장 최근의 필사본 중 한 권에서도 똑같은 그림이 다시 한번 등장한다. 다만 작은 인물은 더는 그다지 기괴해 보이지 않으며, 그림을 마무리하는 솜씨나 완성도 또한 반 에이크와 동시대 화가의 솜씨가 아닐까 싶을 만큼 수준이 전반적으로 높아졌다. 이 전시회는 두 그림 사이에 일어난 점진적인 변화 과정을 잘 알아볼 수 있도록 중간 단계의 책들을 완전하게 갖추어 전시하고 있었다.

연대표에 맞춰 설명하자면 가장 초기의 필사본은 어림잡아 13세기의 시편이라고 할 수 있다. 다음으로는

14세기 중반 이전까지 수없이 많은 필사본이 존재했던 '성서'가 등장한다. 성서 다음으로는 여러 종류의 기도서가 뒤를 이으며, 16세기부터는 다양한 언어로 쓰인 기도서가 등장한다. 영어로 쓰인 기도서의 필사본은 아주 진귀할뿐더러 예배의 역사에서 중요한 의미를 지닌 까닭에 채식의 아름다움과는 별개로 그 가치가 일반적으로 높이 평가된다. 이어서 이런 기도서와 어깨를 나란히 하는 전도서Evangelistina가 등장하는데, 앞서 언급한 필사본들과 마찬가지로 그 가치와 아름다움이 가장 높게 평가된다. 뒤이어 설교집 등과 성무일과서Breviary[86]가 나타나며, 여기서는 시대의 흐름에 따라 변화의 모습이 확연하게 드러난다. 모든 채식 필사본과 혼동되기 쉬운 미사전서Missal[87]는 실제로는 찾아보기가 그리 쉽지 않다. 나는 한번 이 미사전서의 책장 차례 대조 작업을 해본 적이 있다.

이런 예배서와 종교적인 책에 더해 연대기와 모험담 같은 책도 있으며 『영혼의 순례지Pelerinage de l'Ame』처럼 종교 색채가 강하고 교훈적인 우화집도 있다. 『영혼의 순례지』는 존 버니언에게 『천로역정』을 쓰기 위한 틀을

86　나날의 봉헌을 위해 필요한 찬송가 및 전례문과 기도를 담은 책이다.
87　미사를 바치는 기도문과 예식 순서를 기록한 책이다.

마련해주었노라고 여겨지는 작품이다. 제프리 초서와 존 가워의 시집을 비롯하여 히그던의 『여러 시대의 연대기 Polychronicon』도 수많은 필사본으로 존재한다. 하지만 중세의 연대기는 다시 베껴 쓰지 않는 것이 원칙이었기 때문에 오직 원본 한 부만 존재하는 경우가 많다. 이 같은 필사본이 완전한지 낙장 조사를 하는 일은 그 내용을 주의 깊게 읽어 나가면서 끊기는 부분 없이 글이 이어지는가를 확인하지 않고서는 불가능하다.

나는 성공을 다짐하는 젊은 수집가들에게 충고한다. 처음부터 수집의 방향을 너무 광범위하게 잡는 것은 좋지 않다. 그보다 한 시대, 한 학파에 관심을 집중하는 쪽이 좋다. 초보 수집가는 사들이는 책에 주의를 기울이며 도서 목록을 만들어야 하고, 필요 없는 책을 팔아버린 뒤에도 목록을 잘 보관해야 한다. 도서 구입 목록을 통해 소장한 장서의 중요성과 가치를 정확하게 비교 평가할 수 있기 때문이다. 또한 한 번에 한 종류의 필사본만 연구하면서 그 책에서 배울 수 있는 모든 것을 철두철미하게 습득해야 한다. 초보 수집가들이라면 손가락을 데는 경험을 한두 번 직접 겪고 나서야 말이나 글로는 절대 배울 수 없는 부분을 한눈에 구별하는 능력을 익히게 될 것이다.

또한 독자들에게 가능한 한 분명하게 말해두고 싶은 한 가지가 있다. 설사 불완전하더라도 필사본이 진본이라면, 현대 복원 전문가의 손을 빌려 만들어진 완전본보다 훨씬 더 높은 가치가 있다. 전문가의 솜씨가 훌륭하다는 것은 그만큼 원본의 양식을 잘 위조할 수 있다는 뜻이므로, 전문가의 손길이 많이 닿을수록 필사본의 가치는 더욱 떨어지기 마련이다.

인쇄술은 영국에서 신속하고 완전하게 채식자의 기술을 대체했지만, 대륙에서는 이보다 좀더 느리게 받아들여진 듯싶다. 브랑톰의 회고록에 등장하는 우아한 부인네dames galantes들은 채식 필사된 기도서가 자신들이 드리는 예배의 성격에 어울린다고 하며 이를 자랑스럽게 여겼다. 루이 14세의 시대까지도 뷔시 라뷔탱은 자신의 이름을 딴 '성인'의 초상화가 채식된 필사본 기도서를 사용했다.

최근에 나온 값비싼 필사본 중 가장 유명한 작품으로는 『쥘리의 화환La Guirlande de Julie』이 있다. 이 책은 랑부예 후작부인[88]의 딸이며 가장 뛰어난 재녀Précieuses이

88 17세기 프랑스에서 문인들을 후원한 후작부인으로 '파란 방'이라 불리던 살롱에 문인들을 초대하여 이야기를 나누었다. 이는 여성을 중심으로 한 살롱 문화가 퍼지는 계기가 되었다.

자 몽토지에 공작의 아내인 쥘리에게 여러 재인이 공손한 마음으로 바친 마드리갈Madrigal 모음집이다. 몽토지에 공작은 몰리에르가 창조한 인물인 알세스트[89]의 모델로도 잘 알려져 있다. 이 필사본은 당시 위대한 명필로 이름을 떨쳤던 니콜라 자리가 양피지에 글씨를 쓰고 로베르가 테두리의 꽃장식을 그린 작품이다.

얼마 전에 한 프랑스 수집가는 운 좋게도 쥘리의 고귀한 어머니 랑부예 후작부인의 기도서 필사본을 발견했다. 이 필사본에는 랑부예 부인이 자신만의 예배를 위해 직접 쓴 기도문들이 수록되어 있다. 이 기도문의 필경사였던 자리는 부인이 쓴 기도문들이 진심으로 신앙심을 고취시켰다며, 필경하기에 즐거웠노라고 말했다. 그 유명한 자리의 솜씨로 양피지 위에 필사된 이 기도서는 아름다운 쥘리의 초상화를 수록하고 있으며 르 가스통에 의해 모로코가죽으로 장정되었다.

지금 이 기도서를 소장하고 있는 행복한 수집가는, 처음에 한 시골 서적상에게서 지나가는 말로 '관심이 가는 필사본 한 권이 얼마 되지 않는 가격으로 나와 있다'는 소식을 들었다. 책에 관한 설명은 자세하지 않았지

---

[89] 몰리에르의 희곡 『인간 혐오자』의 등장인물로 도덕적 결벽증이 있고 인간 혐오증에 걸린 청년이다.

만 표지의 모노그램에 관한 언급이 있었다. 수집가에게 는 이만한 정보로도 충분했다. 그는 서둘러 기차역으로 달려가 기차를 잡아타고 500킬로미터 남짓한 거리를 여행한 끝에 서적상이 있는 시골 마을에 도착했다. 그는 곧장 서적상에게로 향했지만 책은 이미 본 주인에게 돌아간 후였다. 다행히도 책의 주인은 자신의 행운을 전혀 알지 못하고 있었다. 수집가는 수소문하여 주인을 찾아내고는, 주인이 요구하는 얼마 되지 않은 값을 낸 다음 승리감에 차서 파리로 돌아왔다. 필사본 수집이라는 분야에서도 열심히 지식을 쌓은 수집가에게는 이런 뜻밖의 행운이 주어지기도 한다.

필사본이 완전한지 알기 위한 요령

12세기에서 15세기 사이에 영어나 프랑스어로 쓰인 필사본이 있다면 이는 필시 ① 성서이거나 ② 시편이거나 ③ 기도서이거나 ④ 혹은 아주 드물지만 미사전서일 것이다. 가끔 드물게 보이는 미사성가집이나 예배찬송가집, 행렬성가집, 성무일과서를 비롯하여 50여 종이 넘는 예배서를 볼 때는 책장 차례를 살펴 빠진 장이 있는지를 조사하는 일이 무의미하다. 이런 유의 필사본이 완전히 똑같은 경우는 없기 때문이다.

만약 ①에서 ④까지의 필사본이 있다면 수집가는 빠진 책장 여부를 찾아내기 위해 반드시 책 전체를 주의 깊게 살피며 캐치워드가 있는지 알아보고, 캐치워드가 있다면 그것이 다음 장의 첫 단어와 일치하는지 확인해야 한다. '쪽매김', 즉 양피지 낱장의 아래쪽 난외에 장정 기술자가 책장을 올바른 순서로 '모을' 수 있도록 써놓은 표시가 있다면 각 장의 표시마다 그에 상응하는 '백지'가 있는지도 확인해보아야 할 것이다.

1.

성서의 낙장을 조사하기 위해서는 우선 캐치워드나 쪽매김이 있는지부터 살펴야 한다. 캐치워드나 쪽매김이 있다면 앞서 설명한 것처럼 이 두 가지를 먼저 확인한 다음 내용을 알아볼 필요가 있다. 첫 장에는 반드시 독자에게 보내는 성 히에로니무스[90]의 서간Epistle of St. Jerome이 들어 있어야 한다. 성서에는 속표지 역할을 하는 책장이 없다. 나는 지난 세기의 무지한 복제 기술자들이

---

90 라틴 4대 교부로 일컬어지는 가톨릭의 성인으로 그리스어 성서를 라틴어 성서(불가타 성서)로 번역했다.

속표지가 없는 책은 완전하지 않다는 생각에 억지로 속표지를 끼워넣은 성서를 자주 보았다. 서간 다음으로는 성경책들이 순서대로 등장해야 한다. 다만 이 성서의 순서는 오늘날과는 사뭇 다를 뿐만 아니라 필사본끼리도 각기 차이가 있다. 외경은 언제나 포함되어 있다. 신약은 별다른 표시 없이 바로 구약에서 이어진다.

성서의 말미에는 히브리어 이름과 그 뜻을 라틴어로 풀어둔 색인이 수록되어 있다. 설교자들에게 성서에 등장하는 인물과 사건, 우화의 비유적인 의미를 풀어 설명해주려는 의도로 마련된 것이다. 성서 전체의 마지막 줄에는 대개 발행 정보가 수록된다. 이 부분에는 필경사의 이름이 적혀 있기도 하고 필사본 완성에 걸린 시간이 기록되어 있기도 하다. 단지 "⋯⋯끝났다. 신에 찬미를Explicit. Laus Deo"이라는 문구만 적힌 책도 있다. 이 문구는 오늘날 수많은 현대의 판본에서도 그 모습을 드러낸다. 일반적으로 색인 바로 앞부분에 실리는 판권지에는 흥미로운 글귀나 각 성서의 제목을 담은 6보격의 시, 인명과 지명을 기억하기 위한 글귀가 수록된 경우가 많으므로 수집가는 반드시 판권지를 확인해야 한다. 나는 13세기 이탈리아에서 필사된 한 성서에서 이런 구절을 발견한 적이 있다.

필사했던 자가 필사한다.

베르길리우스는 신에 대한 소망으로 살아간다.

Qui scripsit scribat. Vergilius spe domini vivat.

이 문구는 베르길리우스[91]가 이 책의 필경사임을 분명하게 알려준다. 물론 라틴어 필체를 잘 알아보기 어려운 때도 많다. 보들리도서관이 소장한 한 성서의 판권지에는 이런 문구가 있다.

책을 끝내고 우리는 그리스도에게 감사를 드린다.

1265년. indict viij.[92]

나, 필경사인 크모아 출신의 라프리쿠스 데 파키스가 필사함.

Finito libro referemus gratias Christo m.cc.lxv. indict. viij.

Ego Lafrācus de Pācis de Cmoa scriptor scripsi.[93]

---

91 고대 로마의 베르길리우스와는 다른 인물이다. '문법학자 베르길리우스'라 불리는 작가로 생애 대부분이 수수께끼에 싸여 있다.

92 'indict viij'가 무엇을 지칭하는 단어인지는 불명확하다.

93 '라프리쿠스Lafracus'가 이름인 것은 분명하지만, '데 파키스 데 크모아de Pacis de Cmoa'가 이름(성)인지 출신지인지는 확실히 알 수 없다.

이 성서 또한 이탈리아에서 만들어진 필사본이다. 영국에서 쓰인 필사본의 판권지는 예스러운 분위기를 띠곤 한다. 이를테면 "이 책을 필사한 자가 천국에 자리하기를Qui scripsit hunc librum fiat collocatus in Paradisum!" 같은 글귀가 그렇다. 다음 글귀에서는 제라르라는 주인의 이름을 찾아낼 수 있다. 14세기에 살았던 필사본의 주인은 이런 시적인 글귀로 소유권을 표현했다.

만일 '게'를 놓고 '라레'를 결합하며, 또한 그것을 지닌 자에게 '두스'를 돌려준다면, 그는 그런 이름으로 불리게 될 것이다.

Si Ge ponatur—et rar simul associatur -Et dus reddatur—cui pertinet ita vocatur.[94]

대영박물관이 소장한 영국의 성서 필사본에는 판권지가 길게 붙어 있다. 여기에서는 필경사의 이름 뒤로—"이 책을 필사한 자는 윌스 데 헤일스다hunc librum scripsit Wills de Hales."[95]—네브햄의 랠프를 위한 기도가 실려 있

---

94 게Ge-라레Rare-두스Dus, 즉 게라레두스는 바로 위에 언급된 '제라르Gérard'의 라틴식 이름이다.

95 헤일스는 성씨(정확하게는 '데 헤일스', 영어식으로는 'Wills of Hales')일 가능성이 높으나, 저자가 실수했을 가능성 또한 있다. 따라서 영국의 지

다. 네브햄의 랠프는 헤일스에게 성서를 필사하도록 의뢰한 사람이다. 그 뒤로는 날짜가 적혀 있다. "이 책은 주님이 육화하신 이래로(즉 기원후) 1254년 이후에 나왔다 Fes. fuit liber anno M.cc.l. quarto ab incarnatione domini." 이 성서에서 신약의 순서는 다음과 같다. 4복음서, 사도행전, 성 베드로의 서간, 성 야고보의 서간, 성 요한의 서간, 성 바오로의 서간, 마지막으로 요한묵시록이다.

내가 본 브뤼셀의 한 성서에는 판권지가 색인 다음에 실려 있었다. "여기서 이들은 '모든 것을 넘어선 강력한 자'라는 히브리어 이름인 '도 그리스Dō grīs'의 해석에 관해 설명한다Hic expliciunt interpretationes Hebrayorum nominum Dō grīs qui potens est p. sūp. omia."96 이런 성서 필사본 중에는 놀라울 정도로 작은 책도 있다. 나는 겐트에서 지금껏 본 것 중 가장 작은 성서 필사본을 본 적이 있는데, 아주 불완전한 책이었다. 내가 가진 성서 필사본 중에는 1인치 높이에 열세 줄이 들어간 작은 책도 있다. 13세기에 필사된 성서에서 신약의 순서는 대체로 다음

방도시인 '헤일스Hales' 출신(de)인 '윌스Wills'라는 의미로서, 몇몇 귀족들의 이름처럼 출신지(de Hales)가 성으로 된 것일 수도 있다.

96 'p. sūp. Omia'의 의미는 불명확하며, 'p.'가 무엇의 약자인지 정확히 알 수 없다. 다만 'sūp.'는 'sūper', 즉 '넘어선' '우월한'의 약자로 보이며, 'Omia'는 '만물'(Omnia)의 오자일 수도 있다.

세 가지 중 하나를 따른다.

(1) 4복음서, 로마 신자에게 보낸 서간에서 히브리인들
에게 보낸 서간까지, 사도행전, 성 베드로의 서간, 성
야고보의 서간, 성 요한의 서간, 요한묵시록.

(2) 4복음서, 사도행전, 성 베드로의 서간, 성 야고보의
서간, 성 요한의 서간, 성 바오로의 서간, 요한묵시록
(이 순서로 된 필사본이 가장 흔하다).

(3) 4복음서, 사도행전, 성 베드로의 서간, 성 야고보의
서간, 성 요한의 서간, 요한묵시록, 성 바오로의 서간.

이처럼 오래된 성서 필사본의 첫 장에는 호기심을 자
극하는 글이 적혀 있을 때가 많다. 어느 성서에서는 이
런 글귀를 보았다. "나 해서비수도원 원장인 하퀴나스는
노르웨이 왕의 헌금(혹은 하사금)으로 이 성서를 샀다
Hæc biblia emi Haquinas prior monasterii Hatharbiensis de dono
domini regis Norwegie." 1310년에 노르웨이의 왕으로 군림
하면서 해서비수도원 원장에게 돈을 주어 (아마도 캔터
베리에서 필사되었던) 성서를 사오라고 한 이는 누구였을
까? 하퀴나스는 또 누구일까? 이 이름은 노르웨이 사람
같은 분위기가 풍기며 성 토마스의 성[97]을 연상시키기

도 한다. 또 다른 필사본에서는 이런 구절을 보았다.

신조信條:

그는 태어나고, 세례를 받으며, 밑바닥까지 내려가고

일어나고, 올라오니, 모든 것을 구별하러 오는 것이다.

Articula Fidei:

Nascitur, abluitur, patitur, descendit at ima

Surgit et ascendit, veniens discernere cuncta.[98]

다른 필사본에는 이런 구절도 있다.

교회 성사:

세례받고, 연기를 쐬며, 먹고, 자며,

조정하고, 아내를 얻으며, 향유를 바른다.

Sacramenta ecclesiæ:

Abluo, fumo, cibo, piget, ordinat, uxor et ungit.[99]

---

97   성 토마스 아퀴나스를 의미한다.

98   예수의 탄생과 성장, 죽음과 부활, 그리고 재림을 암시하는 내용으로
      보인다.

99   기독교의 7성사(세례, 견진, 성체, 고해, 병자, 성품, 혼인)와 관련된 일을
      풀어쓴 내용으로 보인다.

15세기 이탈리아에서 필사된 성서에서 발췌한 판권지의 한 구절로 성서 필사본에 관한 내용을 마무리하려 한다.

책을 끝냈으니, 우리는 언제나 그리스도 안에서 산다.
언제나 그리스도와 함께한다면,
우리는 죽음에서 벗어날 것이다.
신에게 감사를 표하라. 아멘.
스테파누스 데 탄탈디스가 페르가모에서 씀.

Finito libro vivamus semper in Christo-

Si semper in Christo carebimus ultimo leto.

Explicit Deo gratias; Amen. Stephanus de

Tantaldis scripsit in pergamo.

2.

13세기 시편은 흔히 『기도서』의 전신으로 여겨진다. 시편에는 항상 달력이 수록되어 있으며 대부분 책의 첫머리에서 달력이 등장한다. 여기에는 후원자와 다른 이들의 '기일'이 기록되어 있다. 그런 까닭에 충실한 시편은 역사적 문서로서 가치와 중요성을 높이 평가받곤 한다.

시편의 가장 첫 장은 거대한 B자로 장식되는데 이 B

자가 한쪽 면 전체를 채우는 일도 흔하다. B자에는 알파벳의 형태와 교묘하게 맞아떨어지는 다윗과 골리앗의 그림이 그려져 있다. 마지막 장에는 대개 세 젊은이의 찬가Hymns of the Three Children[100]와 성서에서 따온 여러 찬가가 테 데움Te Deum[101]과 함께 수록된다. 최근의 필사본에서는 가끔 호칭 기도[102]가 수록되기도 한다. 어떤 시편에는 달력이 가장 뒤에 실려 있다.

시편, 그리고 앞서 설명한 성서의 필사본은 기도서나 미사전서의 필사본과 비교할 때 영국에서 필사된 작품이 더 많다. 중세 영국에서는 유럽의 다른 어느 나라에서보다 더 활발하게 성서 연구가 이뤄진 것이 분명하다. 또한 영국에서는 성서가 라틴어에서 영어로 번역되기 이전부터 이미 폭넓게 보급되어 있었는데, 이는 종교개혁가들이 이 땅에서 어느 정도 일찍이 성공을 거둔 덕분이었다. 영어로 쓰인 시편이나 성서의 필사본은 설사 그 일부만 있더라도 값을 매길 수 없을 만큼의 가치를 지닌다는 사실은 굳이 언급할 필요도 없을 것이다.

---

100 다니엘서 3장에 나오는 찬가로 우상을 숭배하지 않아 불가마에 던져진 세 젊은이가 하느님의 영광을 찬미하는 내용이다.
101 "테 데움"이라는 말로 시작되는 찬가로 정확한 기원은 알 수 없다. 29행의 시구로 이루어져 삼위일체의 영광을 찬양한다.
102 연도連禱라고도 한다. 사회자와 회중이 주고받는 응답 기도로 '예수 성심 호칭 기도' '모든 성인의 호칭 기도' 등이 있다.

3.

아래 소개하는, 플랑드르 지방에서 필사된 『기도서』
의 책장 차례는 윌리엄 티트 경이 작성한 것이다.

① 달력

② 탄생과 부활의 복음

③ 예비 기도(수록된 경우가 가끔 있다.)

④ 기도 — (야과夜課 와 조과부課)

⑤ 기도 — (찬과讚課)

⑥ 기도 — (1시과)

⑦ 기도 — (3시과)

⑧ 기도 — (6시과)

⑨ 기도 — (9시과)

⑩ 기도 — (만과晚課)

⑪ 기도 — (종과終課)

⑫ 일곱 편의 통회 시편

⑬ 호칭 기도

⑭ 십자가의 길

⑮ 성령의 기도

⑯ 위령 기도

⑰ 성모 마리아의 열다섯 가지 기쁨

⑱ 우리 주님에 대한 일곱 가지 요청

⑲ 여러 성인에 대한 기도와 중재기도

⑳ 탄원 기도, 봉헌 기도를 비롯한 여러 기도

그러나 실제로 여기 소개된 차례를 전부 수록한 필사본은 찾아보기 어렵다. 그러나 기도서 필사본 대부분에는 달력과 성무일과, 일곱 편의 통회 시편과 호칭 기도가 수록되어 있다. 기도서 필사본을 구매하려는 수집가는 채식 장식이 잘려 나가지 않았는지 반드시 주의 깊게 확인해야 한다. 확실한 확인을 위해서는 묶인 책장을 일일이 세어봐야 하는데 이 작업은 제본한 부분을 뜯어내지 않고서는 대개 불가능하다.

영국에서 필사된 '호라이'는 그 가치가 가장 높다. 영국에서 사용되던 (사룸Sarum 전례[103]나 요크 전례, 혹은 기도서가 있던 곳의 전례를 따른) 기도서 중에는 해외, 특히 노르망디에서 영국 시장을 겨냥하여 필사된 책들도 있다. 이런 필사본 또한 불완전하더라도 높은 가치를 인정받는다. 성무일과가 수록되기 바로 전 책장의 가장 아래쪽에 다음 문구가 붉은색으로 쓰여 있는지 확인해보

---

103   영국 솔즈베리를 중심으로 발전한 전례이다.

라. "사룸 전례에 따라 일과(시간)가 시작된다Incipit Horæ secundum usum Sarum." 때에 따라 다른 문구가 쓰여 있는 책도 있다.

4.

미사전서의 필사본은 좀처럼 찾아보기 어려우며 그만큼 엄청난 가치를 지닌다. 한편 미사전서는 그 안에 캐치워드나 쪽매김이 있지 않는 한 낙장 조사가 극히 어렵다. 그러나 기본적으로 미사전문이 없는 필사본은 완전하다고 볼 수 없다. 보통 미사전문은 필사본의 중간에 들어 있으며, 채식이 조금이라도 들어간 필사본이라면 미사전문과 마주 보는 책장 전체에 커다란 십자가 그림이 들어가 있어야 한다.

큰 크기의 완전한 미사전서에는 다음의 내용이 들어가 있다. ① 달력 ② '절기별 주요 축일' ③ 미사통상문과 미사전문 ④ 모든 성인의 통공通功[104] ⑤ 성인축일과 특수축일 ⑥ 봉독, 성간,[105] 성복음집 ⑦ 찬가, '산문', 칸티쿰. 이 목록 또한 윌리엄 티트 경의 것이다. 그러나 티

---

[104] 가톨릭에서 세례받은 모든 이 안에서 일치를 이루는 신앙과 사랑의 친교를 가리킨다. 성도는 성찬의 전례에 참여하면서 다른 신앙인들과 영적인 일치를 이룬다.

[105] 성찬식에서 낭독하는 사도행전의 발췌를 뜻한다.

트 경은 미사전서에 이 모든 내용이 빠짐없이 들어 있는 경우는 찾아보기 드물다고 말했다. 따라서 수집가는 미사전서에 언제나 수록되어 있어야만 하는 미사전문부터 찾아봐야 할 테다.

성무일과서는 그 길이가 엄청나게 길뿐더러 채식이 된 경우가 드물다. 성무일과서를 볼 때는 책장 차례를 확인하여 낙장을 찾아내는 일이 불가능하다. 다른 오래된 예배서들을 비롯해 중세문학에서 풍부하게 나타났던 연대기와 시집, 모험담, 약초 의학서 등의 필사본에서도 마찬가지다. 이런 필사본에 대해서라면 수집가가 할 수 있는 한에서 현명하게 판단을 내리는 수밖에 없다.

보통 서적상들은 오래된 예배서를 통틀어 '미사전서'라는 잘못된 명칭으로 부른다. 하지만 이 책을 읽은 수집가라면 여기 설명된 내용을 바탕으로 좀더 쉽게 미사전서를 구분해낼 수 있을 것이다. 지금은 세상을 떠난 나의 친구 록 박사는 저서 『직물Textile Fabrics』에서 안윅에 사용된 사룸 전례 미사전서의 판권지에 나온 글귀를 인용했다. 이 글귀는 과거 필경사들의 노고는 물론, 오늘날 필사본을 수집하려는 현대 독자들의 노고를 적절하게 표현해주는 듯하다.

수도사 존 워즈가 이 책을 쓰는 일을 맡았다.

그리고 아침에 일어남에 따라 그의 몸은 많이 소진되었다.

Librum Scribendo—Jon Whas Monachus laborabat—

Et mane Surgendo—multum corpus macerabat.

필사본의 매력 중 하나는 고유의 섬세한 방식으로 그 책이 필사된 시대의 모든 예술 양식을, 심지어 사회 분위기까지 반영하여 보여준다는 점이다. 12사도를 비롯한 성인과 예언자들은 모두 책이 필사된 시대의 옷차림으로 등장한다. 배고픈 고래의 배 속에 던져지는 요나는 더블릿 상의와 트렁크호스 바지를 입고 있다. 필사본의 장식 무늬는 당시의 건축학적 양식을 반영한다. 배경은 마름모꼴 장식 무늬에서 풍경화로 변화했는데, 자연을 감상하는 새로운 방식이 수도원으로 침투해서 필경실까지 전달된 결과다. 필경실에서 필사본을 만들던 필경사는 멀리 보이는 푸른빛 언덕과 호리호리한 나무들을 보며 지친 눈을 쉬게 했을 것이다. 인쇄본에는 이런 재미가 없다. 인쇄본에 있는 것은 다양한 활자체와 예스러운 분위기의 권두 삽화, 인쇄업자의 의장, 각 장의 머리에 붙은 꽃무늬 활자뿐이다. 최근에는 이런 매력들에 삽화로 들어가는 판화들이 보태졌지만 그래도 필사본에 비하면 한참 부족해 보인다.

그러나 일반적으로 장서 중 대부분은 인쇄본이 차지하기 마련이다. 그러니 초기 인쇄업자들의 작품을 구분하는 방법에 대해 몇 가지 이야기를 하는 것도 좋겠다. 다만 여기서 아무리 많은 '규칙'을 알려준다 해도, 서지

『장미 이야기Le Rommant de la Rose』(1539)의 속표지, 파리.

학을 6개월 정도 몸소 체험해보는 편이 훨씬 더 많은 것을 배울 수 있다. 현명한 수집가라면 대영박물관이나 보들리도서관 같은 공공 도서관에서 이런 경험을 쌓으려 할 것이다. 수집가가 초기 인쇄본을 마음껏 볼 수 있는 곳은 이런 도서관밖에 없다. 이런 책이 시장에 나오는 일은 극히 드물기 때문이다.

독일의 초기 인쇄업자들이 찍어낸 책들은 너무나 진귀하여 현실에서는 평범한 수집가의 손에 들어오는 일이 없다. 이런 책들 중에서 푸스트와 쇼퍼[106]가 인쇄한 유명한 시편이 있다. 이 책의 가장 초기 판본은 1457년으로 거슬러 올라간다. 또한 마자랭 성경[107]이라 알려진 성서도 있다. 이 성서 중 두 권이 마지막으로 모습을 드러낸 곳은 퍼킨스 경매장이었다. 나는 그때의 흥분을 잘 기억한다. 먼저 경매에 부쳐진 첫 번째 책은 상태가 좋았으며 양피지에 인쇄된 판본이었다. 1000파운드에서 시작된 응찰 가격은 순식간에 2200파운드까지 치솟았으며, 오랫동안 거기 멈춰 있었다가 다시 지체하지 않고

---

[106] 구텐베르크와 함께 인쇄업을 시작한 후 독립하여 마인츠에 인쇄공장을 세웠다.
[107] 15세기에 서양 최초로 활판인쇄술을 발명한 구텐베르크가 인쇄한 성서로 마자랭 추기경의 장서에서 발견되었다. 구텐베르크 성경이라고도 불린다.

몇백 파운드씩 올라 3400파운드에 이른 끝에 결국 그 가격으로 한 서적상에게 낙찰됐다.

두 번째 책은 종이에 인쇄된 판본이었다. 경매에 참석한 사람 중에는 두 번째 판본이 첫 번째 판본보다 낫다고 말하는 사람들도 있었는데, 이는 첫 번째 판본이 복제한 책장을 덧붙여 '복원'됐다는 의심의 꼬리표를 달고 있었기 때문이다. 응찰은 또다시 1000파운드에서, 즉 첫 번째 책을 샀던 사람이 기니 금화로 낸 금액에서 시작되었다. 응찰가는 빠르게 1960파운드까지 올라갔고 첫 번째 응찰자는 이 가격에서 머뭇거렸다. 값이 2660파운드에 이르렀을 때 끼어든 세 번째 응찰자는 숨죽인 흥분 속에서 10파운드를 올려 불렀다. 이런 일이 두 번 되풀이된 다음에야 이 책은 2690파운드로 세 번째 응찰자에게 낙찰되었다.

그러나 사실 이런 장면은 실제 책 수집과는 완전히 무관하다. 초보 수집가가 할 수 있는 일은 서로 다른 종류의 인쇄본을 구별할 수 있는 눈을 키우기 위해 열심히 공부하는 것뿐이다. 수집가는 그 일부만 보고도 캑스턴이 찍어낸 캑스턴판을 한눈에 알아볼 수 있어야 한다. 또한 업계의 속임수를 알아낼 수 있도록 눈을 훈련하여 복제품을 단번에 알아보고 위조된 부분을 짚어낼 수 있어야 한다.

다만 여기서는 초기 인쇄본을 식별할 수 있는 특징에 대해 계속 이야기하도록 하자. 루베르에 따르면 가장 먼저 알아야 할 특징은 다음과 같다.

① 독립된 속표지가 없다. 책 제목을 독립된 속표지에 인쇄하기 시작한 것은 1476년에서 1480년 사이의 일이다.

② 각 장의 시작에 대문자 글자가 없다. 이를테면 알다스판의 『일리아스』 5권이 그렇게 시작한다.

그리고 이제 튀데우스의 아들인 디오메데스에게

팔라스 아테나는

힘과 담대함을 주었으니, 이는 그가

모든 아르고스인 사이에서 가장 돋보이고

고귀한 명성을 드높이도록 하기 위함이었다.

      Νθ' αὖ τυδείδη Διομήδεϊ

ἔ   παλλὰς ἀθήνη

      δῶκε μένος καὶ θάρσος ἵν

      ἔκδηλος μετὰ πᾶσιν

ἀργείοισι γένοιτο, ἰδέ κλέος ἐσθλὸν ἄροιτο.

이 문단에서는 엡실론 소문자(ℰ)가 빈자리를 차지하고 있는데, 이는 채식 기술자가 색과 금박을 입힌 머리글자를 그려 넣을 수 있도록 비워둔 곳이다. 장식이 들어간 판본이 그리 흔하지는 않지만, 영국의 한 창고 안 쓰레기 더미에서 디도가 구출해낸 프랑수아 1세의 장서인 알다스판 『호메로스』에는 알맞은 부분에 제대로 채식이 들어가 있었다. 아주 초기의 인쇄본에는 채식 기술자에게 무슨 글자를 그려야 하는지 알려주는 소문자가 없었으므로 채식 기술자가 틀린 글씨를 그려 넣는 일도 종종 생겼다.

③ 들쭉날쭉하고 조잡한 활자체는 원시적인 단계의 인쇄본을 알려주는 '특색'이다. 그러나 이런 특징은 아주 일찍 사라졌다. 따라서 인쇄의 역사 초창기에 제작된 책들은 다시없을 아름다움을 지녔다고 평가받는다.

④ 책장 윗부분에 들어가는 무늬가 없고 아랫부분에는 쪽매김이 없다. 또한 종이가 두꺼우며 견고한 재질이다. 인쇄업자의 이름과 인쇄 날짜, 인쇄소가 있는 도시 이름이 적혀 있지 않다. 판독하기 어려운 축약어가 많다.

이 모든 것은 오래된 책을 판독할 때 대체로 신뢰할 수 있는 특징들이다. 그러나 1500년 이전에 출간된 책들이 전부 희귀본이며, 수집가의 관심을 받을 수 있으리라고 생각해서는 안 된다. 추정에 따르면 15세기가 저물기 전에 1만8000권의 책이 인쇄소를 떠났다. 이 모든 책이 관심의 대상이 될 수는 없다. 엄격히 말하면 이 중에는 시시한 책이었기에 '희귀본'이 되고 만 책도 많다. 보관 가치가 없다고 여겨져 제대로 보관되지 못한 책들이다. 희귀본이 탄생하는 데는 이런 이유도 있다.

그러나 어떤 책이 출간 당시에 인기를 끌지 못했다는 이유로 현재 우리의 관심도 끌지 못할 것이라고 서둘러 단정해서는 안 된다. 런던의 한 서적상은 키츠의 『엔디미온Endymion』이라는 '유물' 한 권을 고작 4펜스에 사들였다! 『엔디미온』의 초판본은 요즘 가치 있고 진귀하다고 여겨지는 희귀본이다. 최근에 나는 오래된 『오디세이』의 장정을 보수하려던 차에 양피지 표지 사이에서 『전문 용어 혹은 잘 다듬어진 은어Le Jargon, ou Langage de l'Argot Reforme』라는, 아주 흥미롭고 보기 드문 프랑스 속어 사전 두 권의 일부를 발견했다. 이 사전은 처음 출간된 당시에는 별 가치가 없었을지 모르지만 오늘날에는 언어학자는 물론 비용이 쓴 속어 투성이의 발라드를 번역하려는 모든 학자에게 유용할 것이다. 오래된 소책자와 풍자시에는 당시의 역사적인 사건을 파헤칠 수 있는 열쇠, 혹은 과거의 예의와 풍습에 대한 새로운 사실을 밝힐 단서가 들어 있을지도 모른다. 그러나 이 모든 초기 인쇄본 중에서도 수집가들이 바라 마지않는 책들은 바로 초기의 성서 인쇄본—독일어 성경, 태버너 성경[108]과 비숍 성경[109]을 비롯한 영어 성경, 히브리어 성경, 그리스어 성경 등—이나, 지금은 잊히거나 파괴되어버린 필사본이 담았던 내용을 포함했을지도 모를 고대 고전의 초판본들처럼 아름답고도 진귀한 책들이다.

초기 성서 인쇄본에 관한 이야기가 나왔으니, 샌드퍼드의 행운과 인내심을 칭찬하고 넘어가도록 하자. 샌드퍼드는 언제나 최초의 히브리어 성경을 간절히 바랐지만 언젠가는 그 책이 수중에 들어오리라고 확신하여 터무니없는 값을 내면서까지 책을 구하려 들진 않았다. 그의 예감은 틀리지 않았다. 스트랜드가의 한 가게에서 10실링에 보물을 구했던 것이다.

---

108 1539년 태버너가 매슈의 성경을 편집하여 출간한 성서로, 태버너 성경의 초판본은 아주 희귀하다.
109 1568년 영국 국교회의 감독하에 번역되어 만들어진 성서로, 킹 제임스 성경의 기초가 되었다.

인큐내뷸러incunabula[110], 즉 인쇄술 초창기의 인쇄본을 수집하는 취미는 16세기 후반에서 17세기 말에 이르기까지 내내 잠들어 있다가 최초의 인쇄본이 등장한 지 300년이 되던 해인 1740년에야 눈을 떴다. 그 이래로 초창기 인쇄본 수집에 대한 취미 문화는 점점 더 세련되어져 종래에 수집가들은 아주 초기의 판본이나 몹시 가치 있는 판본, 즉 캑스턴이나 세인트올번스의 교사[111]를 비롯하여 몇몇 유명한 인쇄업자가 펴낸 책들만을 찾게 되었다. 이 정도 설명이라면 언제나 열정만 넘치는 초보 수집가들에게 오래된 책이 무조건 희귀본은 아니라는 사실을 알려주는 데 충분할 듯싶다. 이 주제를 더 알고 싶은 독자들은 블레이즈가 쓴 『윌리엄 캑스턴의 전기와 활판인쇄술Biography and Typography of William Caxton』(런던, 트뤼브너 출판사, 1877)을 참고하면 도움을 받을 수 있을 것이다.

우리는 이제 값을 따질 수 없을 정도로 유용한 『입문서』에서 브뤼네가 구분한 '수집가가 탐낼 법한 책'의 분

---

110 구텐베르크가 서양에서 인쇄술을 발명한 1440년부터 1500년까지 활자로 인쇄됐던 서적들을 지칭하는 용어다. '인큐내뷸러'는 원래 (아기) '기저귀' '배내옷'을 뜻하지만, 어떤 일의 '시초' '기원'이라는 의미도 있다.

111 이름이 알려지지 않은 인쇄업자로 세인트올번스에서 여덟 권의 책을 출간했다. 그 이후 세인트올번스에서는 인쇄업이 발달했다.

류를 따라서 양피지나 특수 종이에 인쇄된 책으로 관심을 돌려볼 것이다. 인쇄의 초창기 시절, 아마도 헌정본이었을 수많은 책이 양피지에 인쇄되었다. 피렌체에서 인쇄된 호메로스의 초판본 중에도 양피지에 인쇄된 책이 한 권 있었는데, 참으로 안타깝게도 이 판본에서 서로 짝을 이루는 『일리아스』와 『오디세이』는 헤어져 머나먼 도서관에서 서로 그리워하는 처지가 되었다.

양피지에 인쇄된 초기 인쇄본에는 대개 아름답게 채식된 머리글자가 들어가 있다. 디브딘은 『장서광』(런던, 90쪽, 1811)에서 양피지에 인쇄된 판본의 도서 목록을 편찬하고 이 같은 책을 2000여 권이 넘게 수집했던 반 프라에의 이야기를 전한다. 사람들은 헨리 8세에 대해서 안 좋은 이야기를 늘어놓지만, 우리만은 이 군주가 루터에 반박하는 내용을 담은 본인의 장서를 양피지에 인쇄하여 소장했음을 기억해야 한다. 말버러 공작의 도서관에선 양피지에 인쇄된 책 스물다섯 권이 발견되었다. 모두 1496년 이전에 인쇄된 책이었다. 패듀아Padua의 성당참사회 도서관은 1472년 양피지에 인쇄된 카툴루스의 작품을 소장하고 있다. 로빈슨 엘리스[112]가 이 보

---

112   19세기 영국의 고전학자다.

물을 얼마나 바라 마지않았을지! 툴루즈의 유명한 막카르티 백작은 양피지에 인쇄된 책들을 수집하여 훌륭한 컬렉션을 꾸렸다. 그의 장서 중에는 그 진귀함과 특이함, 채식의 아름다움으로 수많은 이가 선망하던 『폴리필로의 꿈Hypnerotomachia of Poliphilus』(베니스, 1499)도 있었다. 또한 양피지는 나폴레옹을 따르던 쥐노 장군이 즐긴 '사치품'이었다. 이탈리아산 양피지는 굳이 따져 묻지 않는 편이 좋을 제조업자의 비법 덕분에 비단처럼 매끄러운 흰 광택과 부드러움으로 최고의 명성을 누리고 있다. 디브딘은 "요즘 나오는 양피지 인쇄본들은 완전히 형편없다고 말하기조차 아깝다"며 혹평한 바 있는데, 이 '가정에서의 예술' 시리즈의 편집자라면 디브딘이 생각을 바꿀 법한 책을 내주지 않을까 기대한다.

비교적 값비싼 큰 판형 종이는 특수 판본을 만드는 데 사용된다. 와트만지를 비롯하여 네덜란드산 종이, 중국산 종이, 심지어 베르제지papier vergé[113]마저 각기 나름의 추종자를 거느리고 있다. 수집가는 이런 종이 재질을 구분하는 법을 금세 배우게 될 것이다. 우리는 색이 들어간 종이—초록색, 파란색, 노란색, 진분홍색 등—에 인

---

[113]   투명한 줄무늬가 들어간 종이를 일컫는다.

쇄된 책이 눈과 취향에 대한 공격이라고 생각하지만, 이런 책조차 나름의 추종자와 수집가를 갖고 있다. 위대한 알두스 마누티우스도 이따금 하늘색 종이에 책을 인쇄했다.

'큰 종이'라는 주제를 다루고 있으니 '언커트' 판본 이야기도 해야 할 것이다. 책의 소유주들은 대부분 장정기술자의 손을 빌려 책의 머리, 배, 밑에 금박이나 마블링으로 책갓 장식을 한다. 그 과정에서 책의 여백이 일부 잘려 나가는데 장서가들은 이를 좋아하지 않는다. 한편 장정기술자의 재단기가 닿지 않은 책, 즉 언커트 판본은 드물어서 귀중한 대접을 받게 된다. 언커트 판본은 책장을 쉽사리 넘길 수 없다는 점에서 불편하기는 하다. 그러나 현재 책 수집 유행에서 엘제비어판의 희귀한 언커트본은 수백 파운드의 가치가 나간다. 한편 여백이 바짝 잘려 나간 책은 값을 후하게 쳐준다 해도 수십 실링밖에 받지 못한다. 4절판 셰익스피어 전집이 언커트 판본으로 갖추어져 있다면 아마 코네마라[114]의 상당히 비옥한 토지보다도 더욱 비싸게 팔릴 것이다. 이런 이유로 수집가는 새로 나온 언커트 판본을 찾아봄 직하다. 언

---

114   아일랜드의 서부 지방을 뜻한다.

제든 책장을 잘라내는 일은 쉽다. 하지만 아르고스에 있는 전설 속의 샘, 헤라가 매년 찾아와 순결을 회복했다고 전해지는 샘을 찾아간다 한들 한번 잘려 나가버린 여백을 되돌릴 수는 없다.

어떤 책들은 단지 인쇄 재료의 질과 양 덕에 귀중하게 취급된다. 그러나 책 수집가의 이런 어리석은 약점조차 전혀 쓸데가 없진 않다. 그 덕분에라도 출판사들이 가치 있는 작품을 새로 출간하려 할 때 약품에 찌든 쓰레기 같은 종이 대신 깨끗하고 견실한 수제 종이를 사용할지도 모르기 때문이다. 실제로 수제 종이에 대한 선호도는 높아지고 있다. 이런 흐름은 1840년부터 1870년까지, 무엇이든 기계로 찍어내면서 예술과 수제품을 망가뜨렸던 유행을 향한 반발심에서 일부 비롯된 것으로 보인다.

브뤼네가 규정한, 수집가들이 탐내는 책의 세 번째 분류에는 호화로운 책livres de luxe과 삽화가 수록된 문학작품이 들어간다. 매년 크리스마스면 호화로운 책들이 쏟아져 나온다. 실제로 책이라 할 수 없는 이 책들은 금색과 진홍색 표지로 덮여 있으며, 화려한 삽화가 수록되어 있다. 책을 절대 읽지 않는 사람들에게는 거실의 장식품 취급을 받기 십상이다. 수집가에게 크리스마스의 인심을 막무가내로 퍼트리는, 화려하기만 한 이 미끼에 대해 굳이 경고할 필요는 없을 것이다. 그 어느 시대에도 오늘 우리 시대만큼 겉만 번지르르하고 화려한 책을 만들어내진 않았다. 단순히 장식 목적으로 만들어진 이런 책은 대개 질 나쁜 '모조품'으로, 읽을 가치가 없다. 게다가 이런 책은 대개 폴리오판이나 4절판으로, 너무 크기 때문에 받침대에 받치지 않는 한 읽기도 어렵다. 한편 삽화가 들어간 책 중 현재 가장 인기를 누리는 두 가지 부류 중 하나는, 흔히 홀바인이나 뒤러 같은 화가들의 오래된 목판화나 금속판화가 수록된 책들이다. 이런 책들을 향한 관심은 절대 사그라지지 않는다.

오래된 삽화책 중 가장 유명하고 가장 희귀한 책은 바로 "모든 인간사가 한낱 꿈에 불과하다는 것이 증명되는 곳"인 『폴리필로의 꿈』이다. 우화적인 모험담을 담은 이 책은 저자 프란체스코 콜론나를 위해 1499년에 알두스 마누티우스의 손으로 출간되었다. "Poliam Frater Franciscus Columna peramavit", 즉 "프란체스코 콜론나 형제는 폴리아를 진심으로 사랑했다"는 문장은 이 모험담의 제사題詞이며 이 책을 한마디로 보여주는 표어다. 성직자 신분이었던 가여운 프란체스코는 이 묘한 작품 속에서 이름이 알려지지 않은 한 숙녀에 대한 애정을 님프 폴리아를 향한 폴리필로의 애정으로 감추어 표현하고 있다. 이 숙녀가 작품의 화자이자 주인공인 폴리필로가 자신을 사랑하기 시작한 순간을 묘사한 단락을 번역하여 소개하겠다.

젊고 아름다운 여성들이 으레 그렇게 하듯이, 나는 창가에 서 있었습니다. 아니, 내 궁전의 발코니에 서 있었다고 하는 쪽이 더 정확할 테지요. 내 눈부신 어깨 위로는 처녀다운 매력을 간직한 금빛 머릿단을 늘어뜨리고 있었습니다. 연고에 적신 머리칼은 마치 금실처럼 빛났고 뜨거운 햇살 속에서 천천히 마르고 있었습니다. 제 일에 열심인 하녀가 내 치렁치렁한 머리칼을 빗질하고 있었습니다. 확신하건대 페르세우스가 봤던 안드로메다의 머리칼이라 하더라도, 루키우스가 보았던 포티스의 머리칼이라 하더라도 이보다 더 사랑스럽지는 않았을 겁니다. 그 순간, 갑자기 폴리필로가 나를 보았습니다. 그는 불타는 눈길을 내게서 떼지 못했습니다. 바로 그때 그의 마음속에서 사랑의 불길이 타올랐습니다.

이 단락은 그 자체로 르네상스의 세계를 보여주는 한 폭의 그림이다. 우리는 금빛 머리칼을 지닌 교양 있는 숙녀를 본다. 숙녀가 페르세우스와 루키우스 같은 고대 그리스의 연인을 꿈꾸는 동안 황금빛 머리칼은 햇살을 받아 반짝인다. 그 아래를 지나가던 젊은 수도승은 그 모습을 보고 한눈에 사랑에, 즉 "욕망의 깊은 웅덩이에 빠져든다". 사랑에 빠진 이 연인의 교양은 숙녀의 것보다 모자라지 않다. 키테라섬[루키우스와 포티스는 아폴레이우스가 쓴 『황금 당나귀Golden Ass』에 나오는 인물이다. 님프 폴리아는 아마도 이 책을 읽지 않은 것이 분명하다. ─ 원주]의 항해를 묘사할 때 드러나는, 사랑의 여신에 대한 풍부한 고고학적 지식만 보아도 알 수 있다. 목판화로 된 삽화는 고전 양식을 따르려고 부단히 노력한 덕에 예스러운 매력을 풍긴다. 아마도 안드레아 만테냐나 조반니 벨리니를 비롯한 여러 예술가의 작품일 것이다. 또한 1546년과 1556년, 1561년 파리에서 출간된 판본에서는 장 쿠쟁이 삽화의 모사를 담당했노라고 알려져 있다.

수집가들이 바라는 책을 다루고 있는 이 시점에서, 『폴리필로의 꿈』은 이야기할 가치가 충분한 작품이다. 이 작품이야말로 바로 수집가가 매력을 느낄 법한 종류의 책이기 때문이다. 그 점에서 이 책은 어떤 판본으로 존재하든 간에 전 세계 사람들에게 영원히 매력적으로 남을 작품들과는 사뭇 다르다. 타우흐니츠Tauchnitz 출판사에서 나온 싸구려 문고본의 『일리아스』와 『오디세이』, 그리고 글로브극장[115]에서 상연되었던 셰익스피어는 문학적 관점에서 볼 때 『폴리필로의 꿈』 수천 권의 가치가 있다. 그러나 상태 좋은 『폴리필로의 꿈』, 특히 양피지에 인쇄된 판본은 서지학에서는 보석 같은 작품 중 하나로 손꼽힌다. 이 책은 그렇게 되기에 적합한 특징을 모두 지니고 있다. 우선 아주 희귀하다. 예술작품으로서 아주 아름답다. 흥미롭고 심지어 기묘한 작품이다. 생소한 시대 속 생소한 열정의 기록이다. 마지막으로 이 책은 훌륭하고 위대한 알두스 마누티우스의 유물이다.

오래된 목판화나 금속판화가 수록된 책들 다음으로 현재 가장 인기를 끄는 것은 프랑스식 '작은 걸작'[116] 삽화가 수록된 책이다. 당시 다재다능한 예술가들은 장서표를 도안하는 일을 멸시하지 않는다면 (뒤러가 피르크하이머를 위해 장서표를 그린 것처럼) 이처럼 '작은 걸작'을 그렸다. 17세기에 출간된 책에 수록된 삽화는 그 자체로 흥미로울뿐더러 그 풍습과 옷차림을 충실하게 표현했다는 점에서 귀중하게 여겨진다. 하지만 이런 삽화에 등장

---

115   런던의 극장으로 셰익스피어의 작품이 초연되었던 극장으로도 알려져 있다.

116   독일어 단어인 '세공사Kleinmeister'에서 유래한 말로 아주 정교하게 표현된 작은 판화 작품을 가리킨다.

하는 인물의 자세는 어색하고 볼품없는 경우가 많았으며, 그림의 구도 또한 운에 맡겨지기 일쑤였다. 영국에서도 엉터리 고전 양식에 따라 커다랗고 화려한 판화들로 꾸며진 호메로스의 오길비[117] 번역본보다 더 나은 작품은 나오지 않았다. 그러나 1730년에서 1820년 사이 프랑스의 '작은 걸작'은 탁월한 경지에 이르게 된다.

앙투안 바토의 시대인 18세기 중반의 옷차림은 그라블로와 모로, 에상, 부셰, 코생, 마릴리에, 쇼파르의 경쾌하고 우아한 필치에 꼭 들어맞았다. 이 '작은 걸작'의 가치와 한계를 이해하고 싶다면 볼테르나 코르네유, 몰리에르의 작품에 수록된 몇몇 삽화를 살펴보기만 해도 충분하다. 사회의 모습을 묘사한 그림은 거의 예외 없이 화사하고 유쾌하다. 비극의 심각한 장면을 묘사한 그림은 독자의 마음을 건드리지 못한다. 이런 예술가들의 솜씨가 장 도라의 『입맞춤Baisers』이나 『마농 레스코Manon Lescaut』처럼 무의미하고 가벼운 작품의 삽화에서 제일 빛을 발할 수밖에 없었다는 점, 또는 모스쿠스나 비온 같은 그리스 목가 시인의 번역 작품의 장끝 장식에서나 가장 크게 실력을 발휘할 수밖에 없었다는 점은 극히

117 17세기 스코틀랜드 번역가이자 지도 제작자이다.

자연스러운 결과일 것이다. 19세기에 들어 아돌프 라로즈는 여러 책의 삽화에서, 특히 『맛의 생리학La Physiologie de Goût』(파리, 주오스트 펴냄, 1879)을 위해 그린 장식 그림에서 자신이 에상이나 코생과 비견될 만한 상대라는 사실을 입증했다.

　여기서 이 모든 판화의 아름다움과 가치가 거의 전적으로 '상태'에 좌우된다는 점을 굳이 언급할 필요는 없을 테다. 처음 찍어낸 시험쇄가 나중에 만들어진 시험쇄보다 훨씬 더 뛰어나다. 당연하겠지만 에칭화는 좋은 종이에 찍어낸 작품이 한층 더 선호된다. 이를테면 와트만지에 찍어낸 라로즈의 판화는 베르제지에 찍어낸 삽화만 본 사람은 상상할 수 없을 만큼 아름답다. 프랑스의 오래된 비네트vignette[118]를 수집하는 이라면 누구나 앙리 코엔의 『수집가를 위한 안내서Guide de l'amateur』(파리, 루케트 펴냄, 1880)를 반드시 소장해야 한다. 영국에서 출간된 삽화책 중에서라면 다양한 취향을 지닌 수집가들이 좋아하는, 상상력 넘치는 윌리엄 블레이크의 삽화와 크룩섕크의 동판화, 그리고 토머스 뷰익의 목판화가 실린 작품이 있다. 이 책의 마지막 장에서는 오스틴 돕슨

---

[118]　책의 표지나 장 가장자리를 장식하는 테두리를 뜻한다.

이 '영국 삽화책'이라는 주제에 대해 이야기할 것이다.

말이 나온 김에 윌리엄 블레이크의 『순수와 경험의 노래Songs of Innocence』 초판본에 대해 잠깐 이야기하고 넘어가자. 저자가 직접 글을 쓰고, 삽화를 그려 넣고, 인쇄하고, 채색하고, 표지까지 만든 이 책은 애서가라면 누구나 갖고 싶어할 만큼 매혹적인 책 중 한 권이다. 새와 꽃과 나무 열매가 둘러싼 테두리 안에 블레이크의 시가 쓰여 있으며, 모든 요소가 부드럽고 매혹적인 색조로 물들어 있다. 인간의 인쇄기에서 찍어냈다기보다는 요정 나라의 오베론 왕의 도서관에서 가져온 책처럼 보인다. 블레이크의 '예언서' 시리즈에 수록된 그림이나 『욥기』에 붙인 삽화를 보면, 회화의 기술적인 어려움보다는 상상력 쪽이 훨씬 더 큰 힘을 발휘했음을 느낄 수 있다.

다음으로 알아볼 희귀본으로는 알다스판이나 엘제비어판처럼 유명한 인쇄업자들이 펴낸 책들이 있다. 다른 인쇄업자들이 일을 못했던 것은 아니지만 에스티엔이나 지운타, 플랑탱 같은 인쇄업자들의 작품은 상대적으로 도외시되곤 한다. 배스커빌이나 폴리스에서 펴낸 작품을 열심히 모으는 수집가도 그리 많지 않다. 반면 알다스판과 엘제비어판에 대한 신뢰는 오랜 세월과 경험을 통해 쌓여왔다. 지면의 한계 때문에 여기서는 이 광대한 주제에 대해 간단하게 몇 마디밖에 할 수 없겠다.

알디네 출판사의 창립자인 알두스 피우스 마누티우스는 1449년 베니스에서 태어나 1515년 사망했다. 식견이 깊으며 신중한 사람이던 알두스는 당시 수많은 학식 있는 그리스인, 그리고 크레타인들이 이탈리아로 흘러 들어온 일을 계기로 그리스 문학 연구에 큰 관심을 품게 되었다. 알두스가 베니스에 인쇄소를 세웠을 무렵(1495년)만 해도 이탈리아에 출간된 그리스 작가는 오직 네 명뿐이었다. 테오크리토스, 호메로스, 이솝, 이소크라테스의 저작들만이 아주 한정된 판본으로 학자들의 손에 들어가 있었다. 알두스의 목적은 그리스어와 라틴어 작품들을 읽기 편리한 판본으로 아름답게 인쇄하여 전 세계 사람들의 손에 쥐여주는 것이었다.

알두스가 개혁을 일으킨 것은 바로 세세한 부분까지 정확하고, 읽기에도 편리하며, 저렴한 책을 소개했다는 점이다. 알두스는 1498년 작은 옥타보 판형을 도입했다. 1501년에는 자신이 펴낸 베르길리우스의 작품을 통해 알다스체 혹은 이탤릭체라고 불리는 활자체를 소개했다. 필기체와 비슷한 이 활자체는 프란시아Francia라는 이름으로 더 유명한 프란체스코 다 볼로냐가 페트라르카의 필체를 본떠 새긴 것이라고 알려져 있다.

알두스와 그 후손, 후계자들에 대해 더 자세히 알고 싶은 독자는 피르맹 디도가 쓴 책—『알두스 마누티우스와 베니스의 헬레니즘Alde Manuce et l'Hellénisme à Venise』(파리, 1875)—과 르누아르가 쓴 『알다스판 기록Aldine annals』을 참고하면 좋을 것이다. 수집가라면 마땅히 이 두 권의 책을 모두 갖고 있어야 한다. 그렇지 않으면 서적상의 잘못된 주장에 속아 넘어갈 수도 있다. 일반적으로는 알두스 마누티우스 생전에 출간된 책들이 가장 높은 평가를 받으며, 호메로스의 초판본을 비롯하여 아리스토텔레스와 베르길리우스, 오비디우스의 저작을 찾는 이가 가장 많다. 고전을 다루는 현대 편집자들은 알다스판 고전이 필사본에 가까울 정도로 꼼꼼하고 정확하다고 인정한다.

알디네 출판사의 세력이 점점 약해져 종말을 고할 무렵인 1583년, 네덜란드의 위대한 인쇄업 가문인 엘제비어가 레이던에서 소리 소문 없이 문을 열었다. 엘제비어가의 사람들은 알두스와는 달리 학문에 몸을 바친 원숙한 학자들이 아니었다. 알두스가 고귀한 학문에 대한 애정으로 힘겨운 일을 감내한 반면, 엘제비어 가문의 사람들은 날카로운 감각을 지닌 사업가들로, 지나칠 정도의 '똑똑함'을 선보이는 일이 잦았다. 엘제비어 출판사를 시작한 사람은 루이(루뱅에서 1540년 태어나 1617년 사망했다)였지만, 레이던에서 인쇄소를 열고 작은 12절판 책을 펴내기 시작한 이들은 루이의 자식과 손자인 보나벤투라와 아브라함 엘제비어였다. 엘제비어 출판사는 알두스와 마찬가지로 읽기 편하면서도 저렴하고, 내용이 정확하며 판본이 아름다운 책을 만드는 것을 목표로 삼았다. 이들의 모험은 완벽한 성공을 거두었다. 다만 엘제비어 가는 알두스처럼 당대 학식이 높은 학자들과 교류하지는 않았다. 엘제비어의 유명한 문학 자문이었던 헤인시우스는 문학적 재능에 대한 시기심으로 가득 찬 인물로, 문학적 역량을 지닌 학자들을 멀리했다.

엘제비어에서 펴낸 고전작품은 아름답기는 해도 오늘날의 독자가 읽기에는 활자가 너무 작고 내용 또한 완벽하게 정확하다고 말하기 어렵다. 그러나 엘제비어에서 당시 활약하던 프랑스 작가들의 저작을 펴낸 판본들, 지금은 고전이 되어버린 작품들은 이 실용적인 기업의 솜씨를 잘 보여주는 사랑스러운 결과물이다. 엘제비어 출판사는 현재 미국 출판사가 영국 작가를 대하듯 프랑스 작가들을 대접했다. 즉, 이곳저곳에서 저작권을 마구 훔쳐다 썼던 것이다. 그러나 당시는 저작권의 개념 자체가 희미했기에 크게 불평하는 사람은 없었다. 네덜란드 인쇄업자들이 펴내는 해적판은 아름다웠고 그것만으로 사람들은 충분히 만족했다.

그러나 이후에는 반대로 엘제비어 출판사가 상도에 어긋나는 부당한 복제판의 피해자가 되었다. 그리고 바로 이런 이유, 즉 엘제비어 출판사의 책들을 복제한 해적판이 많다는 사실 때문에 엘제비어판 수집가들은 빌렘이 쓴 『엘제비어Les Elzevier』(브뤼셀과 파리, 1880)를 옆에 두고 꾸준히 공부해야 한다. 엘제비어판의 복제본과 진본은 무척 흡사해서 훈련되지 않은 눈으로는 진위를 구분해내기 어렵다. 그러나 그 진위에 따라 엘제비어판의 가치는 천차만별로 달라진다. 엘제비어판에서 한 줄 너비의 여백은 보통 100파운드의 가치를 지니며 오식 하나도 그만한 가치를 지닌다. 네덜란드에서 출간된 이 판본을 두고서 애서가들은 기상천외한 취향을 마음껏 발휘해왔다. 몇 년 전만 해도 영국에서 엘제비어판을 쉽게 볼 수 있었지만, 유행이 바뀐 요즘에 들어서는 좀처럼 찾아보기 어렵다. 다만 여백이 넓고 깨끗하지 않은 엘제비어판은 가치가 없다.

우선 기본 조건이 충족되면, 그다음에는 얼마나 희귀한 책인지가 중요해진다. 라틴어를 섞어 집필한 레미 벨

로의 시집이나『프랑스 과자장인』같은 책은 그 가치가 400~500파운드에 이른다. 요즘에는 라블레나 몰리에르, 코르네유 작품의 판본이 상태가 '좋은' 경우, 한때 사랑받았던『그리스도를 본받아』(연대 불명)나 1646년 출간된『베르길리우스』보다 훨씬 큰 인기를 누린다. 이『베르길리우스』는 심한 인쇄 오류로 가득한 판본이지만 아우구스투스에게 보내는 편지와 92쪽의 단락에서 보이는 붉은 글자 덕분에 그 가치가 높게 평가된다. 한 가지 덧붙이자면 엘제비어 출판사의 일반적인 표장標章은 구체와 늙은 은둔자, 아테나, 독수리, 불타는 나뭇단이다. 그러나 수많은 서적상이 생각하는 것처럼 작고 낡은 책에 구체 표장이 찍혀 있다 해서 모두 엘제비어판이라고 볼 수는 없다. 다른 인쇄업자들이 엘제비어판의 표장을 훔쳐 사용하면서 아이기판[119]과 세이렌, 메두사의 머리, 교차된 왕홀 같은 장머리 장식 도안까지 베껴 썼기 때문이다.

　엘제비어 출판사도 해적판을 펴내는 시기에는 익명으로 책을 출간하기도 했으며, 얀센파를 위한 책을 낼 때는 속표지에 가상의 필명을 허용하기도 했다. 그러나 자

119　그리스 신화에 등장하는 생물로 몸의 절반은 염소, 절반은 물고기로 되어 있다.

신들이 내는 책의 제목에서 사용했던 가명은 (네 권의 책을 제외하면) 오직 두 가지뿐이다. 레이던의 장과 다니엘 엘제비어는 '장 상빅스'라는 가명을 사용했고 암스테르담에서는 '자크 르 쥔'이라는 가명을 사용했다. 엘제비어 가문의 이름에 걸맞은, 위대한 마지막 후계자였던 다니엘은 1680년 암스테르담에서 사망했다. 아브라함은 레이던에서 1712년까지 고군분투했지만 그 이후 나온 책들은 엘제비어의 이름에 걸맞다고 볼 수 없다. 엘제비어 가문은 여전히 번성하고 있지만 더는 네덜란드에서 책을 내지 않는다.[120] 일반적으로 포펜스나 볼프강 같은 다른 인쇄업자들이 펴낸 12절판도 엘제비어판의 수집품에 포함시키곤 하는데, 볼프강에서 출간된 책들에는 야생벌 둥지를 터는 여우를 묘사한 표장에 '구하라(찾아라) Quaerendo'라는 글귀가 적혀 있다.

수집가들이 탐낼 법한 책의 종류 중 다음으로 살펴볼 책들은 흥미롭고 보기 드문 책이다. 이 범주는 아주 광범위하다. '흥미로운' 책(서적상이 말하는 '호색적'이고 '혐오스러운' 책이 아니라)은 그야말로 셀 수 없이 많다. 『악

***

120   이 책이 처음 출간된 1881년 당시와는 달리 현재 엘제비어 출판사는 암스테르담을 기반으로 의학 및 과학 기술 관련 책을 출간하는 세계 최대 규모의 출판사가 되어 있다.

의 꽃』부터 바니니의『암피테아트룸Amphitheatrum』, 조르다노 브루노의『승리한 야수의 추방Spaccio della Bestia Trionfante』영어 번역본에 이르기까지, 모든 금서는 대체로 희귀하고 대부분 흥미롭다. 기욤 포스텔의『여성들의 세 가지 놀라운 승리Three Marvellous Triumphs of Women』처럼 엉뚱한 책도 '흥미로운 책'에 속한다. 여러 언어를 섞어 쓴 시집처럼 기발한 책도 '흥미로운 책'이다.

개인 출판사에서 출간된 책은 '보기 드문' 책에 속한다. 그 옛날 영국 시인과 풍자가들은 그야말로 흥미로운 책을 수없이 집필했고 현재 이 작품들에는 상상할 수 없는 값이 매겨진다.『조던의 뛰어난 독창성Jordan's Jewels of Ingenuity』이나『여섯 명의 으르렁거리는 사티로스Microcynicon: six Snarling Satyres』(1599), 윈킨 더 워드가 펴낸『기쁨으로 쓴 논문Treatize made of Galaunt』같은 책들이 여기 속한다. 특히『기쁨으로 쓴 논문』은 리처드 핀슨[121]이 펴낸『법령Statutes』의 불완전한 판본에서 참나무판 표지 안쪽 헛장에 붙어 있다가 발견된 것이다. 영국의 초기 시집과 선집들도 '흥미로운 책'에 속하며 유쾌한 음유시인들의 유물로서 매력적인 장서가 될 자격

---

121 영국 초기의 인쇄업자로 그가 인쇄한 책들은 영어의 표준화에 기여했다는 평을 받는다.

을 얻었다. 이런 책으로는 『서리의 노래와 소네트Songs and Sonnetts of Surrey』(1557)『고상한 취향의 낙원Paradise of dainty Devices』(1576)『향기로운 꽃 한 다발Small Handful of Fragrant Flowers』(1575)『성서의 아름다운 정원에서 모아들인, 고매한 숙녀를 위한 우아한 기쁨 한 다발The Handful of Dainty Delights gathered out of the lovely Garden of Sacred Scripture, fit for any worshipful Gentlewoman to smell unto』(1584) 등이 있다.

　『아일랜드의 눈물The Teares of Ireland』(1642) 같은 책은 전혀 그렇지 않아 보임에도 '최고로 희귀한 책'으로 그 가치가 높게 평가된다. 여기서 수집가가 탐낼 법한 희귀본의 제목을 늘어놓기 시작한다면 그야말로 끝이 없을 것이다. 위대한 작가들이 남긴 유물, 이를테면 버니언이나 셰익스피어, 밀턴, 스턴, 월턴 같은 작가들의 초기 판본까지 더한다면 이 주제 하나만으로도 책 한 권은 쉽게 써낼 수 있을 테다. 유명 작가의 초기 판본을 수집한 장서는 수집가들 사이에서 가장 인정받을뿐더러 가장 유용하다. 그러나 안타깝게도 이런 책을 수집하는 일에는 가장 큰 돈이 든다. 재미있는 점은 스위프트와 스콧, 바이런의 초기 판본은 찾는 사람이 아예 없지는 않으나 그리 많지도 않다는 사실이다. 한편 셸리와 테니슨, 키츠의 초기 판본은 그야말로 엄청난 가격으로 거래된다. 셰익스피어의 4절판은 장 라신의 초판본과 더불어 일반 수집가가 손댈 수 있는 한도에서 벗어나 있다. 아주 부유하거나 엄청나게 운 좋은 책 사냥꾼만이 이런 책을 손에 넣을 수 있다.

수집가의 기호와 변덕에 따라 가치가 좌우되는 책에 관한 이야기를 마치기 전에, 꼭 한 가지만 더 짚고 넘어가자. 바로 책의 가치는 세상의 유행에 따라 변하기 마련이라는 점이다. 70년 전 디브딘 박사는 고전작품을 책으로 만들면서도 작품에 대한 존중이 점점 사라져가는 현상을 통탄했다. 지금 상황은 한층 악화됐다. 형편없는 종이에 인쇄된 독일 판본들이 박사가 사랑했던 판본의 자리를 대신 차지하고 있다. 50년 전 브뤼네는 부셰의 그림을 경멸했지만 지금 부셰의 작품은 최고의 인기를 끌고 있다. 오래된 서적상의 도서 목록을 자세히 읽다 보면 사람들의 변덕이 어떻게 변화하는지에 관한 교훈을 곳곳에서 찾아볼 수 있다. 1756년 롤린슨 박사의 장서가 판매되었을 당시 『농부 피어스의 꿈』(1561)[122]과 『농부 피어스의 신념Creede of Pierce Plowman』(1553)은 고

---

[122] 랭글런드가 쓴 두운시이자 우의시로 당시의 사회상을 풍자하는 한편 영혼의 순례 여정을 다루고 있다.

작 3실링 6펜스에 팔렸다. 캑스턴이 펴낸 『기사도의 책 Boke of Chivalrie』의 판매가는 11실링이었다. 윈킨 더 워드가 펴낸 『성 알바누스의 책Boke of St. Albans』은 1파운드 1실링에 팔렸다. 그나마 이 값이 초기 영국문학의 희귀본만을 모아놓은 200여 권의 장서 가운데 가장 비싸게 팔린 것이었다. 1764년에는 『폴리필로의 꿈』 한 권이 2실링에 판매되었고 『페티의 작은 궁전A Pettie Palace of Pettie his Pleasures』(아, 수집가에게 얼마나 달콤하고 꿈같은 책이란 말인가!)은 3실링에 거래되었다. 한편 『잉글랜드의 팔머린Palmerin of England』(1602)은 14실링이라는 푼돈으로 살 수 있었다. 오즈번이 '할리의 장서Harley collection'를 팔던 당시 오래된 영국 희귀본은 한 권당 3~4실링의 값에 팔려 나갔다. 아하스베루스Ahasvérus,[123] 즉 '방황하는 유대인'이 지난 세기 책 수집가로 활동했다면 오늘날 오래된 영국 책들을 팔아 한몫 단단히 챙길 수 있었을 것이다. 마찬가지로 프랑스에서도 아하스베루스가 뛰어난 사업 수완을 발휘할 수 있었을 것이다.

과거 프랑스에서도 막카르티의 경매 중 오래된 비용

---

[123] 유럽의 전설에 등장하는 영원히 저주받은 방랑자이다. 십자가를 진 예수가 휴식하는 것을 거절한 대가로 최후의 심판까지 영원히 지상을 방랑하는 저주를 받았다고 한다.

의 작품들과 『장미 이야기Romances of the Rose』 『마르게리트 여왕의 데이지 꽃Les Marguerites de Marguerite』 같은 책들이 그야말로 헐값에 팔려 나갔다. 앞으로 100년 후면 새커리의 작품이나 케이트 그리너웨이의 크리스마스 책, 『현대의 화가들Modern Painters』 같은 책들의 초판본이 가장 인기를 얻고 알다스판이나 엘제비어판, 고딕체 활자본이나 프랑스식 삽화책 같은 것은 모두 하찮게 여겨질지도 모른다. 한 세기에 흔하게 볼 수 있던 책들이 다음 세기에서는 흥미롭게 여겨지고 또 그다음 세기가 찾아오면 경시되는 것이 이치일 테다. 한때 이단적인 성격을 띤 오래된 책들이 불경스러운 희귀본으로서 보물처럼 여겨지던 시절도 있었다. 그러나 오늘날에는 이단적인 책을 너무나 흔하게 볼 수 있기에 세상은 이미 브루노의 대담함, 바니니의 은밀한 불경함에는 흥미를 잃었다.

수집가들이 많이 찾는 책의 종류 중 마지막으로 살펴볼 책들은 오래된 장정이나 유명한 수집가의 인장 덕분에 가치를 인정받는 책들이다. 수없이 많은 저명한 장정기술자—에브, 파들루, 드쇠유, 르 가스콩, 데롬, 시미에, 보즈리앙, 투브냉, 트로츠 보조네, 로르티크 등—를 배출한 프랑스에서는 장정 자체에 역사적으로 중요한 의미가 담긴 책이 많다. 반면 영국에서는 역사적으로 의미 있는 장정일지라도, 이를테면 윌리엄 로드[124]나 제임스, 개릭, 심지어 엘리자베스 여왕의 장서라 할지라도 장정 때문에 책의 매력이 더해진다고는 볼 수 없다. 그러나 프랑스에서는 장정에 특별한 의미가 있는 책들이 현재 수집가들 사이에서 가장 큰 인기를 끈다.

값어치 있다고 여겨지는 책의 목록은 표어와 표지의 기하학적 무늬로 유명한 마이올리, 그리고 그롤리에(1479-1565)[125]의 장서에서부터 시작된다. 그다음으로 드 투(세 개의 문장을 지녔던)의 장서가 모로코가죽에 찍힌 꿀벌 모양의 인장과 함께 등장한다. 마르그리트 당굴렘의 장서는 금박을 입힌 데이지꽃 문양으로 장식되어 있다.[126] 디안 드 푸아티에의 장서에는 초승달과 활[127] 문양에 왕족 연인과 자신의 머리글자로 만들어진 모노그램을 넣은 문장이 찍혀 있다. 루이 15세의 세 딸은 장서에 각기 좋아하는 색인 연노란색, 빨간색, 연녹색의 모로코가죽 옷을 입혔다. 몰리에르가 트리소탱[128]의 모델

---

124 16세기 영국의 성직자로 캔터베리의 대주교였다. 학자이기도 했으며 필사본 수집가로도 명성을 떨쳤다.
125 그롤리에 장정에 새겨진 표어는 "장 그롤리에와 그 친구들의 것"이다.
126 마르그리트는 데이지꽃의 다른 이름이다.
127 아마도 달의 여신 아르테미스의 상징인 듯하다.
128 몰리에르의 『학식을 뽐내는 여인들』에 등장하는 사기꾼 현학자이다.

로 삼았던 코탱 사제는 장서에 서로 얽힌 C자 모양 도장을 찍었다. 헨리 3세는 종교적 상징과 음산한 표어를 좋아하여 해골과 십자로 엇갈린 뼈, 눈물, 예수 수난의 표장을 사용했다. 이 섬세하고 향락적인 왕이 가장 좋아하는 표어는 '죽음은 나의 삶Mort m'est vie'이었다.

몰리에르 본인도 수집가였다. 『아내들의 학교』를 두고 벌어진 중대한 문학 토론에서 쏟아져 나온 소논문 중 마지막 논문인 「희극 전쟁La Guerre Comique」을 쓴 이의 표현에 따르면 "il n'es pas de bouquin qui s'échappe de ses mains"—즉 "그의 손을 거치지 않은 고서는 없으리라". 술리에는 몰리에르가 수집한 장서들이 수록된 개략적인 도서 목록을 찾아냈지만, 정작 그 장서들은 작은 엘제비어판 한 권을 제외하면 행방은 알 수 없다[아르센 우세는 자신이 그 장서를 찾아냈다고 생각하는 듯하다. 우세가 발견한 장서의 헛장 밀랍 위에는 에피쿠로스의 두상이 새겨진 봉인이 찍혀 있었다.—원주].

맹트농 부인은 장정하기를 좋아했다. 투비는 금박 무늬가 새겨진 붉은 모로코가죽으로 장정된 예배서 한 권을 소장하고 있는데, 맹트농 부인이 친구인 수녀원장에게 선물한 책이다. 생시르에 남아 있는 맹트농 부인의 장서에는 백합[129] 무늬가 흩뿌려지고 왕관이 씌워진 십자가의 인장이 찍혀 있다. 최근 수집가들의 장서—비온과 모스쿠스의 작품을 번역한 롱주피에르나 외교관이었던 두앵, 또한 막카르티나 라 발리에르 부인의 장서는 모두 풍자의 대상이 될 만큼 높은 가격으로 거래된다.

18세기의 가장 흥미로운 애서가 중 한 사람은 뒤바리 부인이다. 1771년, 이 악명 높은 미인은 읽고 쓰는 법도 거의 모르는 상태였다. 다만 교육으로 다듬을 수는 있어도 습득할 수는 없는 그 타고난 재능에 반한 군주의 자비 덕분에 그녀는 베르사유 궁전의 한자리를 차지하게 되었다. 베르사유에 들어온 뒤바리 부인은 퐁파두르 후작부인의 문학적인 재능에 대해 여러 차례 이야기를 듣게 되었다. 후작부인은 취향이 뚜렷한 사람이었다. 그녀가 수집한 장서, 가벼운 문학 중에서도 가장 가벼운 문학을 모아놓은 그 4000여 권이 넘는 장서는 모두 비지오의 솜씨로 장정된 것이었다. 투비는 이 우아한 부인 dame galante이 소장했던 브랑톰의 저서를 갖고 있다. 퐁파두르 후작부인은 그 아름다운 손으로 직접 에칭화를 찍어내기도 했다.

이런 이야기를 들은 때마다 뒤바리 부인은 경쟁심을

---

129   백합은 프랑스 왕실의 상징이다.

불태웠다. 비록 그녀가 똑똑하지는 않더라도, 책 수집이라는 유행이야 얼마든지 따를 수 있었다. 어느 날 뒤바리 부인은 자신의 장서가 베르사유에 곧 도착할 것이라고 발표하여 궁정을 놀라게 했다. 그동안 부인과 상담한 서적상은 업계에서 말하는 전형적인 싸구려 '재고품'을 손 닿는 범위 안에서 모조리 사들였다. 온갖 종류가 뒤섞인, 전부 합쳐 1000여 권에 이르는 이 책들은 고상한 금박을 입힌 장밋빛 모로코가죽으로 급히 장정됐고 뒤바리 귀족 가문의 문장이 찍혔다. 뒤바리 부인이 이 수완 좋은 상인에게 준 대금 영수증은 지금도 남아 있다. 1000권의 책 가격은 한 권당 3프랑이었고 장정의 가격 또한 그와 비슷했다(아주 싼값이다).

정말 재미있는 점은 이 서적상이 급조된 장서와 함께 보낸 도서 목록에 뒤바리 부인이 대량 주문을 실행하기 이전 소장하던 책들이 적혀 있다는 사실이다. 그 책들은 『뒤바리의 회고록Mémoires de Du Barry』 두 권과 낡은 신문 한 부, 희곡 두세 권, 『피에르 르 롱의 연애사L'Historie Amoureuse de Pierre le Long』 한 권이었다. 루이 15세는 퐁파두르 후작부인의 장서가 규모 면에서는 더 클지 몰라도 뒤바리 부인의 장서가 좀더 정선된 것이라는 사실에 자부심을 느꼈다. 새로 마련된 장서 덕분에 부인은 능숙하게 글을 읽을 수 있게 되었으나 마지막까지도 철자법을 완벽히 익히지는 못했다.

책을 사랑했지만 아마도 충분히 '잘' 사랑하진 못한 여성 수집가 중에는 그 불운한 마리 앙투아네트가 있다. 앙투아네트가 책을 사랑하는 방식이 현명하지 못했음은 분명하다. 프랑스에서 이 왕비의 성품을 논할 때면 스코틀랜드에서 메리 스튜어트의 인품에 대한 격론이 오갈 때만큼이나 험악한 말들이 오간다. 유리하고 불리한 증거들, 그 유명한 '보석함'의 편지만큼이나 진위가 불분명한 편지들이 왕비를 비호하는 세력과 비난하는 세력 양측 모두에서 제시되었다.

몇 년 전 루이 라쿠르는 제국 치하에 왕비의 내실boudoir에서 소장됐던 장서들을 기록한 도서 목록의 필사본을 발견했다. 왕비의 장서는 대개 조잡한 소설 유였다. 『위험한 우정L'Amitié Dangereuse』과 『실수한 순간 그 이후Les Suites d'un Moment d'Erreur』가 있었고 심지어 루베와 라브르톤의 소설까지 끼어 있었다. 이 장서들에는 모두 "C. T."(트리아농 궁Château de Trianon)라는 머리글자가 새겨져 있었다. 혁명이 일어나는 동안 앙투아네트의 장서는 파리의 여러 공공 도서관으로 뿔뿔이 흩어졌지만, 왕비에게 좀더 중요한 장서들은 튀일리궁에 있었다. 그러나 국민의회에서 카페 부인la femme Capet[130]의 소지품 목록을 작성했을 당시 그녀가 베르사유에서 가지고 있던 책은 고작 세 권뿐이었다. 그중에는 코생의 아름다운 삽화가 80여 점 수록된 『해방된 예루살렘Gerusalemme Liberata』[131] 인쇄본이 한 권 있었다. 이 책값은 나중에 루이 18세가 되는 '무슈'가 낸 것으로 되어 있었다. 개인 수집품 중에서 마리 앙투아네트의 문장이 찍힌 책을 찾아보기란 좀처럼 어렵다. 고서 시장에서 앙투아네트의 장서는 뒤바리 부인의 장서만큼이나 찾는 사람이 많은 책이다.

이제 수집가들이 갖고 싶어하는 책의 종류 중, 유명했던 옛 수집가가 소장했던 장서에 대한 설명을 끝으로 이 장을 마치려 한다. 이 장을 읽은 독자라면 수집가 사이에서 현재 가장 인기 있는 책의 종류를 각각의 사례들과 함께 알게 되었을 것이다. 두둑한 지갑이나 끈기 있는 조사의 도움을 받아 이 유행을 따라갈지, 아니면 자신만을 위한 새로운 길을 개척할지, 선택은 독자들의 몫이다. 학자가 부자인 경우는 대개 드물다. 학자는 대리인

---

130 마리 앙투아네트가 왕비에서 폐위된 이후 혁명 세력이 그녀를 낮추어 부르던 이름이다.
131 이탈리아의 시인 타소의 장편 서사시로 십자군을 소재로 쓰였다.

을 내세운 부호들과는 경쟁할 수도 없다. 그러나 진정으로 자신에게 필요한 책들을 계속 추구하며 찾아 나간다면 학자 역시 가치 있는 장서를 수집할 수 있을 것이다. 자신의 취향에 가장 부합하는 책, 자신의 연구에 가장 도움이 되는 책을 계속해서 모아나가는 한 절대 잘못된 길로 빠질 리 없다.

여기서 나는 옛날 옛적의 '정취'에 따라 작별을 고하며 행운을 기원하려 한다. "올바르게 나아가는 한 그대의 취미에 성공이 따르길." 그러나 슬프게도 올바르지 않은 취미를 지닌 수집가들도 많다. 그중에서 가장 유명한 프랑스의 한 수집가는 악서惡書를 수집했으며, 자신의 장서가 유일무이한 것이라고도 말한 바 있다. 이 수집가는 영국에 사는 경쟁자의 장서가 훌륭하다고 인정하면서도 다음과 같은 말을 덧붙였다. 하지만 경께서는 다른 데 관심이 있다네mais milord se livre à des autres préoccupations! 그는 수집가의 마음이 그 보물과 함께 있어야 한다고 생각했던 것이다.

고서들을 뒤지며 커다란 위안을 얻지.
자주 종종걸음으로 산책에 나서
쌓여 있는 고서 냄새를 맡기 위해 강변을 걷지.

엘제비어의 작품들은 날 미치게 만들고
세이렌의 노래도 날 감동시킨다네.
에스티엔, 알드 또는 돌레의 책도 발견했다네.
그런데 슬프게도 저 오래된 캑스턴은 찾질 못했지.
구리 동전들 사이에서 금반지를 찾는 일만큼이나 어렵
더군.

고서를 뒤지는 일은!

여기 이 땅에서 맛볼 수 있는 모든 즐거움을 위해
영광이 신에게 있으리니. 골치 아프게 서로 싸우느니
책을 찾아 나서는 게 더 낫지. 나쁜 일이 있을 리 없지.
그러면 자, 매력덩어리인 책을 찾아오시게.
하늘은 청명한데 친구들, 나를 따르지 않겠는가?

고서를 뒤지러!

앤드루 랭

4장
삽화가 들어간 책

오스틴 돕슨

「어린이들」, 케이트 그리너웨이 그림, O. 라쿠르 새김.

'머리글자', 휴즈의 『백마 씻기기』(1858)에서,
리처드 도일 그림, W. J. 린턴 새김.

이 장에서는 현대 영국의 삽화책에 관해 이야기할 것이다. 이 주제에는 긴 역사도 의심스러운 역사도 없다. 삽화가 들어간 책이 처음 시작된 시기를 찾으려면 18세기의 마지막 25년만 거슬러 올라가면 된다. 그렇다고 그 이전 시대에 '삽화가 들어간' 책이 어떤 형태로든 전혀 존재하지 않았다는 뜻은 아니다. 오히려 그 반대로, 문학에서는 아주 오래전부터 가발이나 월계관을 쓴 '명사'

들의 '조각', 그 '경치화'와 '풍경화', 경이로운 괴물들과 '흥미로운 고전 미술'을 자랑스럽게 뽐내왔다. 그러나 「우인열전Dunciad」[132] 속 2행 대구의 시가 삽화가 들어간 책에 대한 존중을 표하고 있다 해도,

> (…) 책들은 그 책장을 위한 그림으로써 보상받고
> 퀼스[133]는 자신의 것이 아닌 아름다움으로 구원받나니.

포프가 이 시를 썼던 시절만 해도 진정한 의미에서의 삽화, 즉 책에 등장하는 장면이나 사건을 사실적으로 표현하려는 의도가 들어간 삽화는 그리 흔하지 않았다. 그 이후로도 얼마 동안은 삽화가 들어간 작품들이 대거 등장하지도 않았고 딱히 주목할 만한 작품도 없었다.

이 시대의 대표적인 삽화로는 『휴디브래스Hudibras』와 『돈키호테』를 위해 윌리엄 호가스가 그린 판화가 있다. 호가스의 친구인 프랭크 헤이먼은 루이스 테오볼드의 『셰익스피어』를 비롯하여 밀턴, 포프, 세르반테스의 작품에 삽화를 그려 넣었다. 파인이 삽화를 그린 『호라

---

132 알렉산더 포프가 지은 장편 풍자시로 영국의 신고전주의를 대표하는 작품이다.
133 영국의 종교 시인이다.

티우스』와 스터트가 삽화를 그린 『기도서Prayer Book』도 있다(이 두 책에서는 글과 장식이 똑같이 판화로 새겨져 인쇄되었다). 또한 샌드비와 웨일을 비롯한 여러 화가가 그린 역사 그림과 지리 그림도 있다.

하지만 이 모든 작품에도 불구하고 영국에서 창의적인 구성으로 그려진 삽화가 진정한 의미에서 번영하기 시작한 것은 1779년 존 게이의 『우화집Fables』에 그린 토머스 뷰익의 삽화와 1780년 제임스 해리슨의 『소설가 매거진Novelist's Magazine』에 그린 스토서드의 전면 삽화가 등장한 이후부터다. 이 뉴캐슬 출신 예술가의 작은 걸작들은 목판화가 부활하는 시발점이 되었고 이후로 목판화의 인기는 지금까지 계속해서 이어져오고 있다. 반면 책을 장식하는 수단으로서의 금속판화는 30년 전 '연감Annuals' 시리즈를 마지막으로 사실상 종말을 고했다. 그러므로 여기서는 우선 동판화와 강판화 등의 금속판화에 대해 먼저 설명하려고 한다.

이 분야에서 가장 먼저 떠오르는 이름은 스토서드와 블레이크, 플랙스먼이다. 스토서드는 벌써 50여 년 동안 삽화문학 분야에서 발군의 솜씨를 인정받아왔다. 만일 시인들에게 그에 관한 평가를 맡긴다면, 스토서드는 윌리엄 쿠퍼부터 새뮤얼 로저스에 이르는 작가 대부분에게 상상력과 재능을 빌려준 것이나 다름없다는 평을 들을지도 모른다. 그러나 사실 소묘화가로서 스토서드의 재능은 보잘것없다. 스토서드가 그리는 인물은 척추가 없는 듯 축 처지고 힘이 없어 보이기 일쑤였고, 그가 묘사하는 아름다움은 진부했다. 그러나 함께 묶어 전체적으로 살피면 스토서드가 그린 그림은 대다수가 그야말로 절묘한 매력을 뿜낸다. 스토서드의 작품에는 전반적으로 영국답지 않은 특징—즉 우아한 아름다움—이 깃들어 있다. 이것이 바로 스토서드의 뛰어난 강점이다. 그 온화한 선의 흐름, 옷차림을 표현하는 감각, 부드럽게 다듬어진 재치에는 다른 어디에서도 찾아볼 수 없는, 사람의 마음을 잡아끄는 매력이 존재한다. 스토서드가 묘사하는 여성과 아이는 그야말로 순수함과 천진함의 화신으로 보인다.

다만 스토서드는 자신의 특별한 재능이 빛을 발할 수 있는 특정 분야 안에서만 편안해하는 듯하다. 그는 신이나 영웅의 이야기보다는 목가적이고 가정적인 이야기를 그릴 때 한층 뛰어난 작품을 선보인다. 그의 양식은 『페러그린 피클의 모험』 같은 거칠고 야단스러운 이야기보다는 『클러리사 할로』나 『찰스 그랜디슨 경Sir Charles

Grandison』[134]처럼 격식을 차린 이야기에 한층 걸맞다. 스토서드는 토머스 롤랜드슨이 마음껏 활약할 법한 분야에서 부자연스럽고 어색하며, 블레이크가 독자에게 새로운 감각을 일깨워줄 만한 분야에서는 빈약하고 기계적이다. 그럼에도 스토서드는 그 재능으로 당대 삽화가로서 널리 이름을 알렸고, 큰 부는 아닐지라도 아쉽지 않은 수입과 명예를 손에 넣었다. 스토서드의 작품 중에서 3000여 점이 넘는 작품이 판화로 새겨졌고 수백 권의 책을 통해 세상에 알려졌다. 『천로역정』이나 새뮤얼 로저스의 시집들[135]에 수록된 삽화는 흔히 스토서드 최고의 걸작이라고 여겨진다. 그러나 스토서드 본인도 이후 뛰어넘지 못했던 걸작 중의 걸작은 리처드슨의 소설과 『조 톰프슨Joe Thompson』 『제서미Jessamy』 『경솔한 벳시Betsy Thoughtless』 같은 잊힌 '고전'에 수록된, 옛 양식을 따른 전면 삽화(그라블로의 프랑스 양식을 따라 아름다운 테두리 장식을 두른) 몇 점과 해리슨의 잡학 선집에 수록된 삽화 한두 점이다.

스토서드는 동판공과 관련된 부분에서도 운이 좋았

---

134 영국 근대 소설의 개척자라 불리는 새뮤얼 리처드슨의 작품으로, 상류사회의 이상적인 남성상을 다루고 있다.
135 『시집Poems』과 『이탈리아Italy』를 뜻한다.

다. 스토서드의 작품을 가장 잘 구현해냈던 제임스 히스를 비롯하여 스키아보네티, 샤프, 핀든, 쿡 형제, 바르톨로치 등 당대 최고의 솜씨를 지닌 동판공들이 스토서드의 작품을 동판에 새기기 위해 분주히 고용되었다. 그 중에는 스토서드보다도 더 큰 재능을 지녔지만 그로써 수익을 거두는 행복은 거의 누리지 못했던 한 예술가도 있었다. 바로 윌리엄 블레이크다. 블레이크의 재능은 스토서드의 재능처럼 시장성이 있는 상품은 아니었다. 스토서드는 그 간편한 우아함으로 당대의 관심을 얻는 데 성공했다. 그러나 블레이크는 예쁜 것을 바라는 단순한 대중성에 부합하는 일을 경멸하면서 그림의 구상과 실행면에서 한 치도 양보하려 들지 않았다.

연금이나 주게나, 배웠다고 하는 돼지들에게,
작은 북이나 울리는 토끼들에게.
안글루스Anglus[136]는 결코 완벽함을 목도하지 못하리라,
오직 그 장인의 솜씨가 아니고서는.

블레이크는 본인에 대해 읊은, 투박하지만 쓰라린 풍

---

[136] 영국인(앵글로인)의 라틴어 표기이다.

자시에서 이렇게 표현했다. 그러나 당시 냉담한 반응을 받았던―실제로 반응이 조금이라도 있었다면 말이지만 ―블레이크의 작품은 현재 스토서드보다 훨씬 더 많은 사람이 찾는 작품이 되었다. 현재『순수와 경험의 노래』나『욥기에 붙인 그림Inventions to the Book of Job』, 심지어 『무덤The Grave』에 붙은 값만 따져도 생활고에 시달렸던 이 예술가는 한 재산 마련할 수도 있었을 것이다. 블레이크는 어찌나 생활고에 시달렸던지 (로버트 크로메크[137]가 조롱한 것처럼) "일주일에 반 기니만으로 근근이 살아가야 할 만큼 수입이 없던" 적도 빈번했다. 그러나 이것이 전적으로 블레이크와 동시대를 살았던 이들의 잘못이라고는 할 수 없다. 블레이크는 몽상적이며 다듬어지지 않는 화가였다. 모든 연령대가 고루고루 좋아하는 작품을 만들어내는 다른 예술가들과는 달리, 블레이크의 작품은 몇몇에게서 열정적인 사랑을 받았지만, 그들의 수가 블레이크의 생계를 책임져줄 만큼 많지는 않았다.

블레이크의 개성이 가장 뚜렷하게 나타나는 작품은 1789년의『순수의 노래』와 1794년의『경험의 노래』다. 이후 한 권의 책으로 묶인 이 작품(『순수와 경험의 노래』)

---

137   19세기 초 영국의 판화가로, 판화 작업에서 윌리엄 블레이크를 속여 수익을 챙겼다고 알려져 있다.

은 제작 방식 면에서도 독특했다. 엄격하게 따진다면 실제로 이 작품은 일반적으로 동판화라 부르는 판화 제작 방식의 범주에는 들어가지 않을지도 모른다. 블레이크는 산의 작용을 막는 액체를 이용하여 금속판 위에 그림의 윤곽을 그리고 시를 쓴 다음, 나머지 부분을 질산으로 부식시켰다. 그 결과 그림과 글은 거친 연판[138]처럼 뚜렷한 부조로 남게 되었다. 이 금속판을 중심 색—파란색이든 갈색이든 노란색이든 경우에 맞게—으로 찍어낸 뒤, 예술가가 직접 그 특유의 다채롭고 영묘한 양식에 따라서 그림에 섬세하게 색을 입혀낸 후에야 작품이 완성되었다.

이 작은 책자들 중에서 블레이크 부인의 손으로 제본되고 표지가 장정된 몇 권은—초판만 27권이다—전적으로 이례적인 판본인 작은 옥타보판으로 제작되었다. 이 책의 꽃다운 아름다움, 이 '요정의 미사전서'의 매력을 말로 정확하게 형용하기란 불가능하다. 다만 이에 대해 잘 표현한 글이 있다.

시의 황홀한 음악과 선과 색의 부드러운 매력이 너무나

---

[138] 활자를 짠 원판에 대고 지형을 뜬 다음 납이나 주석 등을 부어서 뜬 인쇄판이다.

잘 녹아들어 마음은 즐거운 불확실성 위에서 방황하네.

이는 노래하는 그림인가, 아니면 색과 형태로 새롭게 싹

을 틔우고 꽃을 피운 노래인가?[139]

「아기의 기쁨」, 블레이크의 『순수의 노래』(1789)에서,
J. F. 정글링 새김.

---

139 윌리엄 블레이크의 전기 작가인 알렉산더 길크리스트가 쓴 『윌리
엄 블레이크의 생애Life of William Blake』(1863)에 등장하는 문구
이다.

여기서 『순수의 노래』 삽화를 복제한 목판화 한 점을 소개하려 한다. 이 목판화로는 원작의 매혹적인 보랏빛과 진홍빛, 주황빛의 색채가 전혀 전해지지 않으며 오직 그 전체적인 구성만 짐작할 수 있을 뿐이다. 반면 1826년의 「욥기에 붙인 삽화Illustrations to the Book of Job」는 새로 개발된 사진 음각 방식을 이용하여 축소 복제한 훌륭한 복제화가 존재하며, 이 복제화는 『윌리엄 블레이크의 생애』의 신판에 수록되어 있다. 「욥기에 붙인 삽화」 원본은 블레이크만의 강렬하고도 단호한 방식으로 새겨졌으며 그의 최고 걸작으로 손꼽힌다.[140] 내리막 길에 접어든 예술가가 쇠약한 손으로 만들어낸 이 놀라운 작품들을 넘겨보고 있노라면 일종의 신성한 경외심 deisidaimonia이 우리를 엄습한다.

에드먼드 월러[141]는 이렇게 노래했다.

낡은 것을 버리고 떠나는 이들에겐

양쪽 세상이 한눈에 보인다네,

---

140 당시에는 그림을 그리는 화가와 이 그림을 판화로 옮기는 동판공·목판공이 따로 있었다. 블레이크는 두 역할을 모두 하는 판화가였으며 자신의 작품뿐 아니라 다른 화가의 작품을 판화로 옮기는 일도 했다.

141 17세기 영국의 시인으로 신고전주의를 정착시켰다.

새로운 세상의 문턱에 서 있는 이들의 눈에는.

이 작품은 그 창조주가 (그 자신이 말한 대로) "천국에서 온 사자의 지시를 받아" 만든 것이 아닐까 생각이 들 정도다. 하지만 스키아보네티가 새겼다는 이유로 당시 「욥기에 붙인 삽화」보다 더 큰 관심을 끌었던 작품은 1808년 출간된 로버트 블레어의 시집 『무덤』에 블레이크가 붙인 삽화였다. 이 책이 희귀본이 아닌 덕분에 그 안의 삽화는 오늘날까지도 블레이크의 다른 어느 작품보다 더욱 잘 알려져 있다. 여기 수록된 복제화는 최근 출간된 책에서 발췌한 것이다. 지친 노인과 믿음 깊은 여인, 순진한 어린이가 평화롭게 잠들어 있는 한편 왕홀을 쥔 왕과 칼자루를 쥔 전사는 눈을 크게 뜬 채 나팔의 부름을 기다린다. 이 그림을 본 사람이라면 누구나 블레이크가 이 인상적인 주제를 선택했을 때 분명 마음속으로 제임스 베이시어 밑에서 도제로 지내면서 수도원 묘지에서 긴 밤샘을 하던 시절을 떠올렸으리라 생각할 것이다.

블레이크의 몇 안 되는 친구 중 한 사람 또한 뛰어난 삽화작품을 세상에 남겼다. 펠펌에서 쓴 편지에서 블레이크는 플랙스먼을 "친애하는 영원의 조각가"라고 불렀

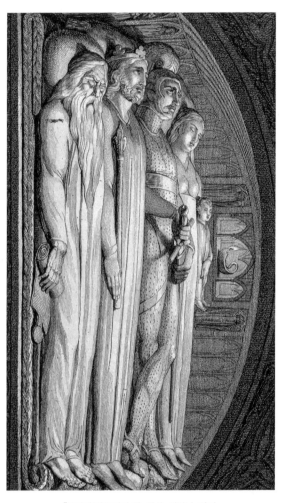

「무덤의 자문관과 왕, 전사, 어머니, 아이」,
블레어의 『무덤The Grave』(1808)에서,
윌리엄 블레이크 그림, 스키아보네티의 판화에서 목판화로 복제.

다. 물론 우리는 먼저 저 위대한 작가들―호메로스, 셰익스피어, 단테―의 작품들을 손상하지 않는 '삽화'가 존재할 수 있는지부터 공정하게 질문해야 할 것이다. 현란한 솜씨를 자랑하던 귀스타브 도레와 길버츠는 '존재할 수 있다'는 답을 증명하지 못했다. 그러나 가끔씩, 위대한 작가를 그림으로 해석하는 과정에서 작가를 정말로 숭배하거나 혹은 그에 진정으로 공감하는 예술가가 나타난다. 작가의 의도를 그보다 더 가깝게 전달해주는 것이 없으므로, 우리는 그 예술가의 작품을 당장 손에 넣을 수 있는 최상의 것으로 받아들인다. 호메로스와 아이스킬로스에 대한 플랙스먼의 해석은 바로 이런 경지에 도달했다고 할 수 있다.

플랙스먼은 오늘날 사용되는 의미에서의 '그리스 문명 숭배자'는 아니었다. 하지만 플랙스먼은 로마를 공부하면서 고전적인 아름다움의 정수에 심취했다. 나신상에 대한 방대한 지식과 더불어 침착함과 자제력까지 갖춘 플랙스먼은 다시없을지도 모를, 그야말로 호메로스의 삽화가에 어울리는 예술가였다. 지금 고전 예술에 대한 지식이 아무리 늘어났다 한들, 오늘날의 예술가 중 어느 누가 감히 이토록 완벽한 '그리스적'인 작품에 도전장을 내밀겠는가? 대체 누가 『오디세이』의 나우시카 공주가 공놀이하는 장면이나, 아이스킬로스의 작품에 등장하는 부드러운 마음씨의 오케아니스들이 제우스의 무서운 분노가 일으킨 폭풍 아래 꽃처럼 옹송그린 모습을 그려낼 수 있단 말인가?

오늘날 플랙스먼의 작품을 현대 복제 기술로 찍어낼 수 있었다면 그 수확은 적지 않았을 것이다. 실제로 그림을 동판으로 옮기는 과정에서 무엇인가가 사라져버리는 일은 허다하다. 이는 설사 동판으로 그림을 옮기는 이가 피롤리나 블레이크였다고 해도 피할 수 없는 일이다. 블레이크는 실제로 동판공으로서 공적을 인정받은 것보다 훨씬 더 많은 일을 했는데 (나중에야 이름을 올린 작품인 1817년의 『헤시오도스』 외에도) 『오디세이』의 삽화를 전부 새긴 사람도 블레이크였다. 피롤리의 판화가 영국으로 오는 선박에서 분실되었기 때문이다. 그럼에도 이 로마 동판공은 1793년의 속표지에 그 이름을 실었다. 물론, 블레이크는 다른 이의 작품을 새기는 동판공으로 성공하기에는 너무나 독창적인 사람이었다.

플랙스먼 작품의 진가를 알기 위해서는 UCL이나 왕립학회 등에서 소장하는 작품들을 연구해보아야 한다 [최근 열린 '옛 거장의 겨울 전시'(1881)에서는 플랙스먼의 걸작들을 전시했다. 그중 대다수는 F. T. 폴그레이브의 소장품이었다.─ 원주]. 플랙스먼이나 블레이크의 양식을 흉내 내는 화가는 그리 많지 않다. 반면 그 유명한 스토서드와는 치프리아나나 앙겔리카 카우프만, 웨스톨, 유윈스, 스머크, 버니, 코볼드, 도드를 비롯한 다수의 유능한 화가가 우리 조상들의 무수한 '시인'과 '소설가' '수필가'의 작품을 '장식하는 일'을 두고서 경쟁을 벌였다. 이 화가들 중 일부를 비롯하여 당대에 인정받던 예술가 대다수는, 기획은 대담했으나 실행이 미흡하던 보이델의 『셰익스피어 갤러리』에 손을 빌려주었다. 새커리는 이에 대해 "어두컴컴한 오피의 작품과 침울한 노스코트의 작품, 이도 저도 아닌 푸젤리의 작품이 전시된 섬뜩한 흑빛 갤러리"라고 평했다.

1803-1805년에 출간된 이 크고 거추장스러운 '아틀라스' 폴리오판[142] 『셰익스피어 갤러리』는 확실히 생기발랄한 작품은 아니었으며, 이 때문에 훌륭한 시장[143]의 경력에도 금이 가게 되었다. 나서기 좋아하는 해밀턴과 모티머의 작품들 사이에서는 예의 바른 조슈아 경조차 불편해하는 기색을 역력히 드러냈다. 웨스톨의 「시저의

---

142   아틀라스판, 660×864밀리미터의 판형을 가리킨다.
143   셰익스피어 갤러리를 기획하고 그 작품들을 책으로 낸 보이델은 런던 시장을 역임했다.

유령Ghost of Cæsar」이 신기하게도 글래드스턴[144]을 연상시킨다는 재미난 발견이 아니었더라면, 이 음침한 걸작들 속에서 현대 학생들이 쉴 곳은 없었을 것이다. 여기서 진실은 레이널즈를 제외한 현대 화가들의 재능이 셰익스피어의 작품을 그리는 과업을 수행할 만큼 출중하지 못했다는 데 있다. 이 과업의 영예는 스머크의 「일곱 나이」[145]와 한층 가벼운 희극의 전면 삽화 한두 점에만 주어져야 한다.

『셰익스피어 갤러리』의 경쟁 상대이자 한층 더 두서없는 책으로는 매클린의 위대한『성서』가 있다.『셰익스피어 갤러리』와 같은 화가들을 일부 고용했던 이 책은 한층 더 철저한 망각 속에 묻혔다. 이런 부류의 책 중에서 좀더 후세에 속하는, 한층 나은 운명을 맞이한 책을 한 권만 더 소개하도록 하자. 존 마틴이 그린『밀턴』[146]은 뚜렷한 개성과 더불어, 상상력이라는 필수 불가결한 자질을 지니고 있다. 그러나 후대는 장엄한 경치와 음산한 분위기라는 회화적인 장치만으로는 밀턴의『실낙원』속 다채로운 이야기를 표현하기에 충분치 않다는 결론

144　이 책이 출간된 1881년 당시 영국 수상이었다.
145　셰익스피어의『뜻대로 하세요』에서 인생을 연극에 비유한 자크의 대사에 나오는 문구다.
146　『실낙원』의 저자 존 밀턴을 의미한다.

을 내렸다.

다만 리처드 얼롬이 새긴 클로드 로랭의 『진리의 책 Liber Veritatis』이 탄생한 배경에 『셰익스피어 갤러리』의 공이 얼마간 있음을 무시할 수는 없다. 또한 윌리엄 터너가 클로드에 대한 경쟁심으로 그 유명한 『헌신의 책 Liber Studiorum』을 냈으니, 여기까지 간접적으로나마 영향을 미쳤다고 볼 수 있겠다. 다만 이 두 권의 책은─터너의 『프랑스의 강들Rivers of France』, 그리고 『영국과 웨일스의 아름다운 풍경Picturesque Views in England and Wales』과 마찬가지로─삽화가 들어간 책이라기보다는 판화집으로서, 여기서 이야기하는 주제에서 살짝 벗어난다. 그러나 터너의 이름은 한 시대를 풍미하던 '연감'과 '기념 앨범' 유의 책들을 소개하기 위한 시작점으로 적절하게 들어맞을 듯싶다.

이런 유형의 책들은 1823년 에커먼의 『나를 잊지 말아요Forget-me-Not』가 출간된 이래 30여 년이 넘도록 인기를 누렸다. 새커리는 출판업자 베이컨이 펴낸 우아한 선집에 관한 이야기[147]를 통해 이런 책들의 일반적인 특징을 유쾌하게 풍자했다. 이 이야기에서 아서 펜더니스

---

147 새커리의 소설 『펜더니스 이야기』를 뜻하며, 뒤이어 등장하는 이름들은 모두 이 소설의 인물들이다.

는 자신이 쓴 예쁜 시 「교회의 문The Church Porch」을 선집에 기고한다. 펜더니스의 편집자는 기억할 만한 인물인 바이올렛 러바스 양이며, 그 동료 작가로는 퍼시 팝조이 각하, 도도 경, 천재적인 재능의 베드윈 샌즈가 있다. 특히 샌즈는 「동양의 가죽」이라는 작품으로써 물결무늬 비단 장정을 한 이 책에 특별한 기품을 부여했다는 평을 듣는다.

현실에서도 재능 있는 여러 작가가 재능 있는 화가의 삽화에 맞춰 글을 써야 하는 불리함을 수차례 감내해야 했다. 이런 관습은 오늘날까지도 남아 있지만, 이런 작품들에 문학적 가치가 있다고는 여겨지지 않는다. 그리고 '연감'들 또한 이런 규칙에서 예외가 되진 않는다. 물론 훗날에야 유명해진 작품이 연감에 수록된 경우가 몇차례 있긴 했지만, 일반적으로 '연감'의 문학적 가치는 그리 두드러지지 않았다. 연감이 시대에 뒤떨어진 유물이 되어 기억에서 사라진 요즘에는 누구도 워즈워스나콜리지, 매콜리, 사우디의 글이 연감에 실려 있으리라 기대하지 않는다. 그러나 한때 찰스 램의 아름다운 작품 「앨범의 시Album verses」가 『비주Bijou』에 실리고, 스콧의 「보니 던디Bonnie Dundee」가 『크리스마스 상자Christmas Box』에, 테니슨의 「성 아그네스의 이브St. Agnes' Eve」가

『기념 앨범Keepsake』에 실리던 시절도 있었다.

　다만 '연감'의 주역은 단연 전면 삽화였다. 이 삽화들은 젊은 히스의 감독하에 당시 구식으로 전락한 '동판'을 대체한 강판으로 만들어졌다. 당시 유명했던 화가 대부분이 연감에 작품을 냈고 그렇지 않을 때는 이런 화가들의 작품이 '모사되어' 실렸다. 당시 이미 나이가 들고 전성기가 지난 스토서드를 비롯하여 터너, 에티, 스탠필드, 레슬리, 로버츠, 덴비, 매클라이즈, 로런스, 캐터몰 등 수많은 화가가 1856년까지 유행하던 이 분야에서 일하며 수익을 올렸다. 목판화가 급속하게 발전하면서 시장에서 자리를 잃게 된 '연감'은 1856년을 마지막으로 그 모습을 감췄다. 추정에 따르면 '연감' 유의 책을 제작하는 데 약 100만 파운드 정도가 소비되었다고 한다.

　'연감' 이야기의 뒤를 이어 연감의 영향으로 태어난 것이 분명한 삽화책 두 권을 소개하고 넘어가자. 바로 로저스의 『시집』과 『이탈리아』다. 이 책들의 삽화는 프라우트를 포함한 다른 화가의 그림 몇 점을 제외하면 대부분 터너와 스토서드에게 맡겨졌다. 스토서드의 작품에 대해서는 이미 앞에서 이야기했다. 한편 이 시집들에 수록된 터너의 작품은 그의 수많은 삽화작품 중에서 가장 성공한 걸작으로 널리 인정받고 있다. 최근에 출간된 훌륭한 터너의 전기[코즈모 몽크하우스가 쓴 『터너의 생애Turner』.— 원주]는 터너의 전 작품을 통틀어도 『시집』에 수록된 「동틀 녘의 알프스Alps at Daybreak」와 「휴식의 시간Datur Hora Quieti」보다 뛰어난 작품을 찾기는 어려울 것이라고, 실로 적절하게 표현하고 있다. 「발롱브레 폭포Valombré Falls」와 「토나로의 안개 낀 산등성이Tornaro's misty brow」도 마찬가지로 아름다운 작품이다. 『이탈리아』에 대해서 러스킨은 이렇게 썼다. "이 그림들은 그야말로 아름답다. 가장 숭고하고 순수한 의미에서 시적이며 아름다움의 본보기로서 모든 상찬의 말을 뛰어넘을 정도로 기쁨을 주는 작품이다." 이런 칭찬에 또 무슨 말을 덧붙일 수 있을까!

한 가지 확실한 사실은 로저스가 쓴 시들이 적절한 삽화를 만나서 한층 더 생생한 생명을 얻을 수 있었다는 점이다. 이 삽화에 든 비용은 로저스의 조카인 샤프에 따르면 7000파운드라고 하고, 더 확실한 소식통에 따르면 그보다 훨씬 더 많았다고 한다. 터너는 삽화 한 장당 15기니에서 20기니를 받았고 판화를 새긴 조각공들은(구달, 밀러, 윌리스, 스미스 등) 전면 삽화 한 장당 60기니를 받았다. 1830년과 1834년에 출간된 『시집』과 『이탈리아』는 지금까지도 수집가들에게 진귀한 판본으

로 인정받고 있으며 앞으로도 계속 그렇게 남을 가능성
이 높다. 터너는 스콧과 밀턴, 캠벨, 바이런의 작품에도
삽화를 그렸지만 이 삽화들은 터너를 가장 크게 칭찬하
던 이에게도 그다지 좋은 평을 듣지 못했다. 이 작품들
은 "훨씬 부자연스럽고 인공적이며 역부족이다"라는 평
가를 받았다. 또한 로저스의 시집들을 흉내 내어 만들
어진 수많은 책 중에는 사람들의 기억에서 지워진 시인
이자 '연감'의 편집자로도 활동했던 앨러릭 애틸라 와츠
의 『마음의 시Lyrics of the Heart』가 있는데, 이 책은 로저
스의 작품처럼 성공을 거두지 못했다.

강판화라는 완성도 높은 판화 방식의 등장을 계기로
수많은 삽화책이 쏟아져 나오기 시작했다. 간단한 소개
의 글에서 이런 책들까지 전부 설명할 필요는 없을 것
이다. 다만 삽화책의 역사에서는 동판화와 강판화의 인
기 역시 '연감' 시리즈의 종말과 함께 사그라졌다는 사
실만 언급하고 지나가도록 하자. 그러나 현대 화집의 보
고인 『예술 저널Art Journal』에서는 금속판화가 여전히 그
명맥을 유지하고 있다. 그리고 바로 얼마 전에 출간되었
으며 도레가 삽화를 그린 테니슨의 『국왕 목가Idylls of the
King』와 버킷 포스터가 삽화를 그린 토머스 후드의 시
집, 그 밖의 인상적인 작품 한두 권에서도 금속판화는

일시적으로나마 화려하게 재등장했다. 그러나 금속판화가 현대 목판화의 등장으로 큰 타격을 입고, 사진 기술의 발명으로 회복할 수 없는 상처를 입었다는 사실만은 분명하다. 또한 현대에 급속하게 부상하는 에칭화가 금속판화에 최후의 일격을 가하게 될 것은 불 보듯 뻔하다[이 글은 『예술 저널』이 1881년의 프로그램을 출간하기 이전에 쓰였다. 프로그램에 따르면 『예술 저널』의 현 편집자는 에칭바늘에 도움을 구해야 한다는 필요성을 충분히 인식하고 있는 듯 보인다.—원주].

17세기 말까지만 해도 목판화라는 예술 분야는 거의 활용되지 않았다. 호러스 월폴이 1770년경 쓴 글에서 "영국에서는 완성도 있는 목판화 작품이 만들어진 적이 한 번도 없다"고 단언했을 정도다. 1766년, 월폴은 파피용의 『판화 개론Traité de la Gravure』에 대해 이야기하는 기회를 빌려 파피용이 단 한 번이라도 "목판화로 회귀하도록 세상을 설득한" 적이 있는지를 물었다. 그러나 그로부터 고작 몇 년 뒤 뷰익이 등장하면서 목판화는 거의 부활이라고 표현할 수 있을 만큼 새로운 부흥기를 맞이한다.

여기서는 지면 관계상 목판화가 어떻게 제작되는지 충분히, 또 자세하게 설명하기가 어렵다. 분명한 건 예전

「누른도요」, 잭슨과 샤토의 『목판화의 역사』(1839)에서,
T. 뷰익의 원본을 따라 존 잭슨 새김.

에 뒤러의 그림을 복제하던 목판화가들이 사용하는 방식과 뉴캐슬 출신 예술가가 사용하는 방식 사이에는 뚜렷하고 명확한 차이가 두 가지 존재한다는 사실이다. 그중 하나는 목판을 준비하는 방식과 사용하는 도구의 차이다. 예전의 목판화가들은 나뭇결을 따라서 세로로 켠 목판, 즉 널빤지 위에 칼과 끌로 그림을 새겨 넣었다. 뷰익은 회양목이나 배나무의 나뭇결을 가로질러 잘라내어 만든 목판에 조각칼로 그림을 새겨 넣었다.

또 다른 차이는 뷰익이 처음 시도했다고 알려진 방법

에 있는데, 이는 제대로 설명하기가 한층 더 어렵다. 이 방법의 핵심은 기술 용어로 '흰 선'이라 불리는 요소의 도입이다. 과거의 목판화가들은 그림 속 여백 부분을 깨끗하게 파냈으며 그 결과 그림의 선들은 마치 활자처럼 양각으로 남아서 찍혀 나왔다. 뷰익은 인쇄 잉크로 찍어낼 때 검은 잉크 자국이 균일하게 나타나도록 회양목처럼 부드럽고 고른 표면을 지닌 나무를 이용하는 한편, 목판을 가로지르는 흰 선을 넓거나 좁은 간격으로 새겨넣으면서 완전히 검은색에서 희미한 색조까지 아우르는 음영의 농담을 표현했다. 이런 방법을 도입하자 목판화에서도 색조의 깊이를 한층 다채롭게 표현할 수 있게 되었다. 여기 수록된 「누른도요」의 배경 부분을 잘 살펴보면 이 방법의 효과를 좀더 잘 이해할 수 있을 것이다.

뷰익의 중요한 첫 작품은 1779년 출간된 게이의 『우화집』이다. 1784년 뷰익은 『우화선집Select Fables』이라는 또 다른 작품의 삽화 작업에 참여한다. 그러나 이 중 어떤 책도 1790년의 『네발 동물의 역사General History of Quadrupeds』와, 1797년과 1804년의 『영국의 산새와 물새 British Land and Water Birds』(이하 '영국의 새')에는 비견할 수 없다. 『네발 동물의 역사』에 수록된 삽화에는 훌륭한 작품이 많으며, 책을 다시 찍어낼 때 또다시 수많은 작품이 추가되었다. 이 선집을 위해 뷰익은 박제한 표본이나 정확하지 않은 그림으로만 접한 동물들을 묘사해야한다는 불리한 조건하에서 엄청난 강도의 노동을 감당해야만 했다. 그러나 『영국의 새』에서 뷰익은 살아 있는 새를 연구할 기회를 훨씬 더 많이 얻게 되었고 그 결과 더욱 완벽한 성공을 거두었다. 실제로 금세기의 모든 판화가를 통틀어, 누구도 흑백의 아름다움이나 깃털과 나뭇잎을 능숙하게 표현하고 세부와 배경을 정확하게 묘사하는 데 있어 뷰익을 능가하지 못한다고 단언할 수 있다. 「누른도요」와 「자고새」 「올빼미」 「노랑턱멧새」 「무당새」 「굴뚝새」 등의 그림은 이런 기량을 전형적으로 보여주는 유명한 작품들이다. 심지어 이만큼 뛰어난 그림들이 100여 점이나 더 있는 것이다.

『네발 동물의 역사』 초판본에서는 독일의 전통을 따라 여러 전통적인 장식이 사용되었는데 여기에는 수많은 이가 뷰익이 누리는 불후의 명성의 중요한 요인으로 꼽는, 그 유명한 장끝 장식이 다수 포함되어 있다. 뷰익의 그림을 흉내 내어 그리는 일이 쉽지 않다는 사실은 브랜스턴의 실패, 그리고 존 톰프슨이 윌리엄 야럴[148]의

---

148 19세기 영국의 동물학자이다.

'장끝 장식', 앞의 책에서,
T. 뷰익의 원본을 따라 존 잭슨 새김.

『물고기Fishes』에 그린 조악한 삽화에서 분명하게 드러난
다. 뷰익의 재능은 사실상 완전히 독자적이며 특별한 것
이었다. 뷰익은 호가스의 축소판 같은 재치를 지니면서
도 남들이 흉내 낼 수 없는 자신만의 개성도 지니고 있
었다. 특히 암시가 담긴 세부 배경을 통해 이야기를 전
달하는 능력이 아주 뛰어났다. 가령 『영국의 새』 1권에
실린 삽화로 예시를 들어보자. 한 남자가 가발과 모자가
몽땅 벗겨진 채 나무 덤불 밑에 누워 입을 벌리고 잠들
어 있다. 그가 술에 취했다는 사실은 일목요연하다. 그리
고 우리는 근처의 돌에 새겨진 '6월 4일'이라는 날짜에
서 이 풍경이 빚어진 이유를 읽어낼 수 있다. 그는 우리
국왕이신 조지 3세 전하의 생신을 너무나 충성스럽게

축하하고 오는 길인 것이다.

뷰익은 비극의 조짐을 교묘하게 보여줄 때도 그 놀라운 재능을 발휘한다. 『네발 동물의 역사』에서 정말로 끔찍한 사건을 보여주는 그림 하나를 예시로 들어보자. 아직 아장거리는 어린아이가 멀리 배경에 보모를 두고서 목초지를 돌아다니다 성미가 사나워 보이는 수망아지, 즉 눈을 뒤로 젖힌 채 뒤꿈치를 세운 망아지의 꼬리를 잡아당기려 하고 있다. 정원 계단에서는 아이의 어머니가 곤두박질치듯 내려오고 있지만 제때 아이를 구하지 못할 것은 분명해 보인다. 뷰익은 이 모든 것의 생생한 인상을 ─ 상당한 크기의 캔버스라면 또 모를까 ─ 가로 3인치, 세로 2인치의 목판으로 충분히 전달하고 있다!

뷰익과 호가스 사이에는 또 다른 공통점이 있다. 뷰익도 진퇴양난의 처지를 즐긴다. 『영국의 새』 1권 차례에 실린 장머리 장식보다 더 희극적이며 한심한 장면이 어디에 있단 말인가? 이 장면에서 늙은 말은 누구도 말릴 수 없는 고집과 성질을 부리고 있다. 바람이 부는 데다 비까지 내리는 날씨다. 말 탄 기수의 지팡이는 부러지고 모자는 날아가버렸다. 그러나 끽끽거리며 흥분한 가축이 거치적거리는 바람에 기수는 감히 말에서 뛰어내릴 엄두를 내지 못한다. 나타날 조짐이 없는 데우스

엑스 마키나를 제외하면, 그 어느 것도 이 기수를 도울 수 없다.

이런 재치에 더해, 뷰익에게서는 유쾌한 시골스러운 분위기도 풍긴다. 호가스에게서는 좀처럼 느낄 수 없는 분위기다. 눈 속에 버림받고 굶주린 채 닳아빠진 빗자루를 씹는 암양에서부터 개울이 흐르는 물가로 가기 위해 울타리를 부수고 나온 젖소의 모습까지, 뷰익이 그린 수많은 그림은 산과 들을 진정으로 사랑하는 사람, 런던에 남아 영국 최고가 되느니 "미클의 강둑 꼭대기에 무리 지어 있는 양이 되련다"라고 말하던 이의 모습을 잘 드러낸다. 뷰익은 시골과 그곳에서의 생활을 사랑했으며, 애정 어린 시선으로 시골의 모습을 그려냈다. 뷰익의 예스러우며 아름다운 상상력에 지속적인 신선함을 부여한 것이 바로 이런 시골다운 분위기다. 이 분위기 덕분에 초반의 기발한 작품이 지닌 참신함이 사라진 후에도 뷰익의 작품은 계속해서 대중성을 유지해나갈 수 있었다.

뷰익의 걸작을 이야기하는 과정에서 그가 유능한 여러 제자의 도움을 받았다는 사실을 잊고 넘어가서는 안 될 것이다. 그중 뷰익의 동생인 존에게도 얼마간 재능이 있었다. 존의 재능은 1796년 윌리엄 서머빌의 『추적 Chase』을 위해 그린 삽화와 아주 교훈적인 책인 『도덕의

'장머리 장식', 로저스의
『기억의 기쁨The Pleasures of Memory』(1810)에서
T. 스토서드 그림, 루크 클레넬의 원본을 따라 O. 라쿠르 새김.

꽃The Blossoms of Morality』에 그린 삽화에서 분명하게 드
러난다.『영국의 새』의 장끝 장식 중 많은 부분은 로버
트 존슨의 솜씨로 그린 것인데, 존슨은 1818년 뷰익의
『우화집』에서도 대다수의 삽화 작업을 도맡았다. 또한
『우화집』의 삽화는 뷰익의 제자인 템플과 하비의 손으
로 새겨졌다. 뷰익의 다른 제자로는 뛰어난 목판공인 찰
턴 네스비트가 있다. 그는『영국의 새』작업에 고용되었
으며 1808년 에커먼의『종교적 상징Religious Emblems』과
노스코트의『우화집』두 번째 시리즈에서 훌륭한 작품
을 보여주었다.

그러나『영국의 새』2권에서 대부분의 장끝 장식을

도맡은 사람은 바로 루크 클레넬이다. 클레넬은 뛰어난 솜씨를 지녔으나 불운했던 예술가로, 종내는 머리가 이상해지고 말았다. 1810년에 출간된 로저스의 시집[149]에는 스토서드의 매혹적인 스케치를 토대로 새긴 클레넬의 목판화가 수록되어 있다. 앞서 소개한 로저스의 『시집』과 『이탈리아』보다 먼저 출간되었던 이 책에는 어린이와 큐피드amorini를 묘사한 클레넬의 최고 걸작들이 몇 점 수록되어 있다. 이 작은 그림들 대부분은 보석 세공의 훌륭한 도안으로도 사용될 수 있을 것이다. 다만 몇몇 작품은 거꾸로 보석 도안에서 유래한 듯 보이는데, 적어도 한 점은 아주 유명한 줄무늬마노 세공(「큐피드와 프시케의 결혼」)을 모사한 것이 분명해 보인다. 일반적으로 '파이어브랜드' 판본이라 알려진 이 판본은 수집가들 사이에서 높은 가치를 인정받고 있다. 펜과 잉크의 효과를 정확하게 옮긴다는 점에서 클레넬의 이 목판화보다 뛰어난 작품은 찾아보기 어렵다[여기 수록된 그림은 라쿠르가 목판에 복제한 작품으로 클레넬의 양식을 성공적으로 모사했다고 평가된다.— 원주].

뷰익의 제자 중 마지막으로 이야기하고 넘어가야 할

---

149 『기억의 기쁨』의 1810년 판본을 뜻한다.

이는 1866년에 세상을 떠난 윌리엄 하비다. 하비가 뷰익의 『우화집』 삽화 일부를 새겼다는 사실은 이미 이야기했다. 하비의 작품 중 가장 잘 알려진 작품은 헤이든의 『덴타투스의 죽음Death of Dentatus』에 수록된 커다란 판화다. 이 작품 이후 하비는 목판공 일을 그만두고 삽화가가 되었으며 오랫동안 인기 있는 삽화가로 활동하며 많은 작품을 남겼다. 하지만 그의 작풍은 부자연스러울 정도로 격식을 차린 것이었다. 하비의 대표작인 레인의 『아라비안 나이트』 삽화는 번역가의 감수 아래 제작되었는데 매 시각에 따라야 하는 터번 모양을 정확하게 재현하여 표현해냈다는 평을 듣는다. 이 사실만으로도 하비의 작품을 설명하기엔 충분할 것이다. 이 삽화들에서 우리는 자유로운 창작력과 오리엔탈리즘의 영향력을 모두 엿볼 수 있다.

하비가 런던에 온 것은 1817년의 일이었다. 클레넬은 그보다 몇 년 전 런던에 왔다. 네스비트는 오랫동안 런던에서 생활했다. 뷰익의 제자들에게서 두드러지는 특징은 이들이 목판공인 동시에 화가였기에 목판에 새길 그림을 스스로 창작할 수 있었다는 점이다. 반면 '런던학파'에 속한 판화가들은 대부분 목판공이었으므로 그림의 도안을 만들 때는 다른 이의 손을 빌려야만 했다.

런던학파에서 가장 중요한 인물은 사람과 가정의 모습을 묘사하는 데 뛰어난 솜씨를 보였던 로버트 브랜스턴이다. 브랜스턴은 뷰익과 네스비트와 경쟁하며 일했지만 두 사람 중 누구도 뛰어넘지 못했다. 특히 뷰익에게는 상대가 되지 않았다. 현대 가장 뛰어난 목판공으로 손꼽히는 존 톰프슨은 브랜스턴의 제자로, 폭넓은 분야에서 활약했으며 야럴의 저서와 월턴의 『낚시꾼Angler』에 물고기와 새 그림을 새기는 한편 몰리에르의 작품과 『휴디브래스』에도 삽화를 그렸다. 톰프슨은 주로 서스턴을 비롯한 다른 화가의 도안으로 작업을 했지만 본인 또한 재능 있는 화가였다. 톰프슨이 삽화를 그린 책 중 가장 성공적인 작품은 멀레디를 모사하여 그린 『웨이크필드의 목사』다. 이 작품 속 톰프슨의 꾸밈없고 가정적인 분위기는 골드스미스의 작풍과 잘 맞아떨어진다. 그리고 우리 시대의 뛰어난 판화가로는 새뮤얼 윌리엄스가 있다. 윌리엄스가 삽화를 그리고 판화를 새긴 제임스 톰슨의 시집 『사계』의 판본은 눈여겨볼 가치가 있는 작품이다. 윌리엄스는 (톰프슨과 브랜스턴도 마찬가지였지만) 크룩섕크의 그림을 복제하는 데 뛰어난 솜씨를 보였다. 이 솜씨가 유감없이 발휘된 걸작들은 1830년 비제텔리가 펴낸 클라크의 『세 가지 코스 요리와 디저트Three Courses and a Dessert』에서 찾아볼 수 있다.

이 시기부터 사람들은 목판공의 이름보다 화가의 이름을 더 많이 듣게 되었다. 1832년『페니 매거진Penny Magazine』[150]이 창간되고 찰스 나이트[151]가 여러 책자를 펴내기 시작하면서, 목판화는 이례적인 속도로 발전했다. 그로부터 10년 뒤『펀치Punch』와『일러스트레이티드 런던 뉴스Illustrated London News』가 등장하며 목판화는 한층 더 큰 인기를 얻게 되었다. 한때 명성을 날리는 화가들이 '연감'을 위해 그림을 그렸던 것처럼, 당대 유명한 화가들은 목판 위에 그림을 그리거나 목판에 새기기 위한 그림을 그렸다. 1842-1846년에는 '웨이벌리 시리즈'의 그 위대한 '애버츠퍼드Abbotsford' 판본이 간행되었다. 이 판본에는 120점의 전면 삽화에 더해 거의 2000여 점에 가까운 목판화가 수록되어 있다. 그리고 1843년, S. C. 홀이 편찬한『영국 발라드 모음집Book of British Ballads』을 시작으로 삽화가 들어간 크리스마스 책들이 연이어 등장하기 시작했다. 크리스마스 책들은 서서히 '연감'을 대체해 나가면서 존 길버트, 버킷 포스

150　노동자 계층을 위한 잡지로 다량의 삽화가 수록된 점이 유명했다.
151　19세기 영국의 출판업자이자 편집자로『페니 매거진』을 비롯하여 다양한 간행물을 펴냈다.

「금발머리 옆 금발머리」,
크리스티나 로제티의 『도깨비 시장』(1862)에서,
D. G. 로제티 그림, W. J. 린턴 새김.

터, 해리슨 위어, 존 앱솔런을 비롯한 여러 삽화가의 이름을 대중에게 알렸다. 한편 롱펠로, 몽고메리, 로버트 번스, '배리 콘월',[152] 에드거 앨런 포, 진 인절로 등 여러 시인의 시집에 '삽화를 넣은' 판본들이 잇달아 출간되었다. 그 외에도 로버트 윌모트의 『19세기의 시인Poets of the Nineteenth Century』이나 윌리엄 윌스의 『시인들의 재치 Poets' Wit and Humour』처럼 삽화를 선보일 수 있는 책들이 그야말로 수없이 쏟아져 나왔다.

---

[152] 영국 시인 브라이언 프록터의 필명이다.

삽화가 들어간 책의 범위가 너무나 광범위하게 확대됐기에 여기서 이 모두를 하나하나 자세하게 살펴보기는 어렵다. 다만 예술적 가치나 독창성이 두드러지는 작품 몇 권만 소개하도록 하겠다. 우선 존 길버트 경이 삽화를 그린 『셰익스피어』가 있다. 위대한 극작가의 해설판으로 인정받는 이 작품은 뛰어난 역작tour de force 그 이상이다. 여기 수록된 삽화들은 좀더 이른 1843년의 판본에 케니 메다우스가 그린 삽화나, 나이트가 펴낸 『그림으로 보는 셰익스피어Pictorial Shkespeare』에서 하비가 그린 상상력 넘치는 삽화와 비교해도 훨씬 더 뛰어나다. 1858년에 출간된 『그림과 함께 읽는 테니슨Illustrated Tennyson』 또한 삽화가 뛰어난 판본이다. 이 계관시인[153]을 위해서는 다른 어떤 책에서보다도 많은 삽화가 필요했다. 이 판본에 수록된 테니슨의 전원시를 위해서 윌리엄 멀레디와 존 밀레이가 삽화를 그렸고, 서사시에는 단테이 로세티와 윌리엄 헌트가 삽화를 붙였다. 훗날 테니슨의 『왕녀Princess』에는 매클라이즈가 삽화를 붙였으며 『이녹 아든』에는 아서 휴스가 삽화를 그렸다. 다만 이 삽화들이 테니슨의 시에 완벽하게 녹아들었다고는 말할

---

153 영국 왕실이 가장 영예로운 시인에게 내리는 칭호로 여기서는 테니슨을 가리킨다.

수 없다.

한편 존 테니얼이 삽화를 그린 토머스 무어의 1860년 『랄라 루크Lalla Rookh』는 테니얼의 작풍대로 다소 뻣뻣하고 차가운 느낌이 들기는 할지언정, 동양의 디자인을 주의 깊게 연구하여 탄생한 뛰어난 작품으로 평가된다. 『랄라 루크』와 함께 분류되는 삽화책으로는 노엘 페턴 경이 삽화를 그린 윌리엄 에어튼의 『스코틀랜드 기사의 이야기시Lays of the Scottish Cavaliers』가 있다. 이 작품의 삽화 또한 테니얼의 작품과 마찬가지로 학구적인 엄격함과 완성도를 지니고 있다. 또한 『천로역정』에 삽화를 붙여 넣은 여러 훌륭한 판본도 등장했다. 그중에서도 특히 C. H. 베넷, J. D. 왓슨, G. H. 토머스가 삽화를 맡은 판본들이 유명하다.

그 밖에 알아두어야 할 책으로는 존 에버렛 밀레이의 『우리 주의 우화Parables of our Lord』, 프레더릭 레이턴의 『로몰라Romola』, 워커의 『필립Philip』, 도레가 삽화를 그린 『데니스 듀발Denis Duval』과 『돈키호테』 『단테』 『라 퐁텐』 등 여러 작품, 돌지엘의 『아라비안 나이트』, 레이턴이 삽화를 맡은 『독일의 노래』(캐서린 윙크워스 번역)와 『도덕적 상징Moral Emblems』, W. 해리 로저스의 『영혼의 비유Spiritual Conceits』 등이 있다. 사실상 이는 극히 짧은 목록에 지나지 않는다. 또한 이 목록에는 휴 블랙 번 부인의 『영국의 새British Birds』, 울프의 『야생동물Wild Animals』, 와이즈의 『새로운 숲New Forest』, 린턴의 『호수의 나라Lake Country』, 우드의 『자연사Natural History』 등 수많은 책이 더해져야 한다.

1859년 이래 크게 늘어난 다양한 종류의 그림 잡지들도 여기에서 한자리를 차지해야 할 것이다. 『주간지Once a Week』[154]는 처음으로 젊은 화가들을 모아 훈련시키기 시작했으며, 이들 중에는 샌디스, 롤리스, 핀웰, 호턴, 모튼, 폴 그레이 등이 있다. 이 화가들의 걸작 중 일부는 최근 샤토앤드윈더스에서 출간된 손버리의 『발라드와 노래Ballads and Songs』에 실리기도 했다. 『주간지』가 창간된 지 10년 후에 『그래픽Graphic』지가 등장하면서 목판화 분야의 기회가 한층 넓어지는 한편 새로운 학파의 예술가들도 나타나기 시작했다. 창간한 지 오래되었지만 아직도 원기 왕성한 활동을 보이고 있던 『일러스트레이티드』지의 새로운 경쟁 상대로 떠오른 『그래픽』지에는 헤르코머, 필즈, 스맬, 그린, 버나드, 반스, 크런, 콜더컷,[155] 홉킨스 등—지금 자세히 다루기엔 너무 많은 사람

---

154 19세기 영국에서 간행되었던 문학 주간지이다.

155 19세기 영국의 풍속화가인 랜돌프 콜더컷을 가리킨다. 미국에서 뛰

이 있다quos nunc perscribere longum est — 의 삽화가들이 훌륭한 작품을 기고해왔다. 그리고 지금은 또 다른 유망한 잡지인 『예술 매거진Magazine of Art』이 등장하여 현대적인 감각과 젊은 에너지를 위해 추가적인 장을 마련하고 있다.

앞 문단에서 언급된 예술가 중 적지 않은 이가 회화라는 예술 분야에서, 특히 해학적인 풍자화 분야에서 명성을 떨쳤다. 풍자 예술은 이 나라에서 언제나 풍부하게 융성해온 분야인 만큼 단순히 언급만 하고 지나치기에는 아무래도 아쉽다. 해학적인 풍자화를 그리는 화가들은 호가스 이래로 그 흐름이 끊이지 않고 계속 이어져왔다. 금속판화와 목판화 양 분야에서 활약한 풍자화가들은 영국의 삽화문학에서 중요한 역할을 맡아왔는데, 그중 가장 초기의 풍자화가로는 토머스 롤랜드슨이 있다. 풍자화가로서의 재능이 무궁무진했던 롤랜드슨은 기량을 펼칠 기회를 제대로 잡지 못한 예술가였다. 롤랜드슨은 몇 권의 책에 삽화를 그렸는데 그중 가장 사람들의 기억에 새겨진 작품은 『문법 박사의 세 차례의 여행

어난 어린이 그림책의 삽화가에게 수여하는 콜더컷상은 그의 이름을 따서 제정되었다. 이 장의 뒷부분에서 콜더컷에 대해 좀더 자세히 다룰 것이다.

Three Tours of Dr. Syntax』에 그린 전면 삽화들이다.

롤랜드슨과 동시대에 활약하며 사회 풍자보다는 정치 풍자에 주력했던 제임스 질레이는 젊은 시절 『버려진 마을The Deserted Village』의 삽화를 그렸다고 알려져 있지만, 책의 삽화가로서는 그리 명성을 얻지 못했다. 그 밖에 초기에 활동한 풍자화가 중 다른 이로는 친애하는 월폴이 "제2의 호가스, 호가스의 원작과 동등한 작품(!)을 선보인 최초의 모사화가"라고 평가한 헨리 번버리가 있다. 그럼에도 번버리가 『트리스트럼 샌디』에 그린 삽화는 사람들의 기억 속에서 완전히 사라져버렸다. 사람들이 번버리의 이름을 기억한다면 이는 『기나긴 미뉴에트The Long Minuet』와 저속한 『나쁜 기수 길들이기Directions to Bad Horsemen』에 그린 전면 삽화 덕분일 것이다. 그리고 새로운 세기의 첫 해와 함께 마침내 현대 풍자화의 위대한 거장, 추종자들이 부르는 호칭에 따르면 "노련한 조지 크룩섕크"가 등장한다.

크룩섕크는 불과 몇 년 전에 그 긴 생애를 마쳤다. 사실상 크룩섕크는 호가스와 공정하게 비견될 만한 인물이었다. 그 비극적인 힘과 강렬함에서 크룩섕크는 우리 시대의 어느 화가보다 더 가까이 호가스의 경지에 다가섰다. 아주 오래전 '보니Boney'의 풍자화,[156] 그리고 캐

「농인 집배원 소년」, 클라크의 『세 가지 코스 요리와 디저트』(1830)에서,
G. 크룩섄크 그림, S. 윌리엄스(?) 새김.

럴라인 왕비[157]를 옹호하던 시절부터, 마지막으로 『로즈와 릴리The Rose and the Lily』의 권두 삽화―책의 속표지에 따르면 당시 83세였던 "조지 크룩섄크가 그리고 새긴"―를 남기기까지, 이 지칠 줄 모르는 화가가 남긴 중요한 작품들을 여기서 모두 이야기하는 일은 불가능하다. 그러나 『유머의 의미Points of Humour』부터 그림 형제의 『고블린Goblins』 『올리버 트위스트』 『잭 셰퍼드Jack Sheppard』, 맥스웰의 『아일랜드의 난Irish Rebellion』과 『테이블 책Table Book』에 이르기까지, 그 전면 삽화들만 보아도 우리는 바늘을 쥔 크룩섄크가 얼마나 유능하고 다양하게 솜씨를 발휘해왔는지를 충분히 짐작할 수 있다. 여기 수록된 판화 중 한 점인 『세 가지 코스 요리와 디저트』의 목판화는 크룩섄크가 목판에서도 마찬가지로 뛰어난 솜씨를 발휘했다는 점을 여실히 보여준다.

『테이블 북』을 여는 「큐피드의 승리Triumph of Cupid」는 크룩섄크의 풍부한 상상력을 보여주는 훌륭한 사례다. 이 그림에는 이 예술가가 수없이 그려왔던 자화상이―그것도 하나가 아니라 각기 다른 모습으로―들어 있다.

---

156 1814년 작품으로 나폴레옹의 몰락을 주제로 그려진 풍자화이다.
157 조지 4세와 캐럴라인 왕비의 불행하고 지저분한 결혼생활은 당시 풍자 화가들의 주요 소재로 활용되었다.

한 그림 속에서 크룩섕크는 실내복en robe de chambre을 입은 채 활활 타오르는 난롯불 앞에서 담배를 피우고 있다(크룩섕크가 개심하기 전에 그려진 그림이다!). 그의 무릎에는 스패니얼 강아지가 앉아 있다. 크룩섕크의 입술에서 피어나는 연기구름 속에서는 잡다한 인물들이 뒤섞인 행렬이 지나간다. 선원, 청소부, 기수, 그리니치 지역의 연금 수령자, 유대인 헌 옷 장수, 허드렛일꾼을 비롯하여 한층 저명한 인물들까지 큐피드가 탄 전차 바퀴에 사슬로 묶인 채 끌려가고 있다. 큐피드는 천사의 모습을 한 시종들과 깃발을 치켜든 이들을 전차 앞에 세우고, 그림의 가장 꼭대기 부분을 돌아 탁자 위에 차려진 히멘의 신전으로 향한다. 돋보기의 도움을 받아 행렬의 군중과 전경의 인물들을 자세하게 관찰하고 있노라면 기이하게도 가구들이 살아 있는 것처럼 보이기 시작한다. 식탁보 가장자리를 장식한 가면들은 함박웃음을 짓고 있으며 벽난로 선반의 무늬는 어느새 미친 듯이 달리는 인물들의 행렬로 둔갑해 있다. 난롯가의 부젓가락은 한쪽 발을 치켜들고 건방진 태도로 화가 쪽을 곁눈질하며 음흉한 미소를 띤다. 부삽과 부지깽이도 그에 동조하는 웃음을 짓는다. 연기 속에서도, 불 속에서도, 난로에서도 얼굴들이 보인다. 난로망은 재를 꼼짝 못 하게 가둬두고 승리감에 차 있는 상상 속의 괴물 일당처럼 보인다.

크룩섕크의 뛰어난 재능은 단지 이렇게 기괴하고 환상적인 주제에서만 발휘되는 게 아니다. 그는 기묘하고 초자연적이며 무서운 장면의 거장이기도 하다. 이런 개성 속에서 크룩섕크가 지닌 재능과 한계는 찰스 디킨스를 연상시킨다(이 비교 자체가 아마도 이미 진부한 것이기는 할 테지만). 크룩섕크가 더 많은 디킨스의 작품에 삽화를 그렸더라면 두 사람의 유사점은 한층 분명하게 드러났을 것이다. 『올리버 트위스트』를 예로 들자면, 디킨스가 강점을 부각하는 곳에서는 크룩섕크의 강점도 부각된다. 디킨스가 약한 곳에서는 크룩섕크도 약하다. 크룩섕크가 그린 페이긴, 빌 사익스, 범블[158] 같은 인물들은 디킨스의 구상을 그대로 그림으로 옮겨놓은 듯 보인다. 반면 몽크스나 로즈 메일리의 그림은 원작의 내용만큼이나 부실하다. 하지만 디킨스의 결함이 그 장점으로 상쇄되고도 남듯이 크룩섕크의 강점도 약점을 훌쩍 뛰어넘는다. 크룩섕크가 지닌 재능의 승리는 통속적인 남주인공이나 개미허리를 한 여주인공에서가 아니라, 도덕주

---

158   모두 『올리버 트위스트』의 등장인물이다.

의자의 관점에서 인간의 야비함과 악덕을 그려내는 표현력, 비천한 희비극이 뒤섞여 있는 '상류사회의 삶'을 표현해내는 능력에서 나타난다. 그것이 바로 크룩섕크가 가장 강한 분야다. 크룩섕크가 후대에 이름을 남기게 된다면 이는 해학적인 그림을 그리는 풍자화가로서의 재능 덕택이라기보다는 바로 이런 강점 덕분일 것이다.

크룩섕크는 디킨스의 책 중 단 두 작품에만 삽화를 그렸다. 『올리버 트위스트』와 『보즈의 소묘집Sketches by Boz』[159]이 그것이다[크룩섕크는 또한 『조지프 그리말디의 회고록Memoirs of Joseph Grimaldi』에도 삽화를 그렸지만, 이 책은 『보즈의 소묘집』으로 '편집되어' 들어갔다.—원주]. 그 외 대다수의 디킨스 작품에는 『픽윅 클럽 여행기』에 삽화를 그렸던 불운한 로버트 시모어[160]의 뒤를 이어 '피즈'라는 이름으로 더 유명한 해블롯 K. 브라운이 삽화를 그렸다. 샘 웰러와 갬프 여사, 커틀 선장에서 『두 도시이야기』에 이르기까지, 우리가 아는 디킨스의 인물들을 시각적으로 창조해낸 사람이 바로 이 '피즈'다. 또한 그는 레버의 소설 대다수에서도 삽화를 맡아 사냥 장면처

---

159   찰스 디킨스의 첫 단편집이다.
160   시모어는 디킨스와 『픽윅 클럽 여행기』의 삽화에 관한 논쟁을 벌인 후 집으로 돌아가 본인의 머리를 총으로 쏴서 사망했다.

럼 '레버다운' 장면을 묘사하는 데 걸맞은 자질을 뽐내기도 했다.

이제 우리는 『펀치』라는 유서 깊은 잡지에 주로 작품을 기고했던, 그리고 지금도 작품을 기고 중인 수많은 화가 중 가장 최초의 인물인 리처드 도일을 만나볼 것이다. 우리 식탁 위에 『펀치』가 놓여 있는 것은 너무도 일상적인 풍경이므로, 우리는 언제나 당연하다는 듯 만족스럽게 읽는 이 잡지가 얼마나 한결같으며 또 좋은지를 이따금 잊어버린다. 이 훌륭한 잡지가 창간되었을 무렵 대부분의 삽화 작업을 수행한 사람이 바로 리처드 도일이다. 도일은 여전히 살아 있지만, 이 유쾌한 잡지를 흥미롭게 꾸미는 작업에서는 이미 오래전 손을 뗐다. 그러나 도일은 바로 이 『펀치』에서 걸작인 「영국의 예의와 관습Manners and Customs of ye Englyshe」 시리즈를 발표했다. 1849년의 사회상을 일련의 삽화로 그려낸 이 시리즈에서는 부산하고 수다스러운 찰스 1세 시대의 일기 작가가 되살아난 듯 보이는 가공의 인물 '핍스 씨'가 재치 넘치는 논평을 펼친다.

이 매력적인 그림 속에서 30년 전의 일상은 그 속표지가 말하는 대로 "생생하게 되살아난다". 우리는 이 그림에서 몰즈워스[161]와 캔틸루프스가 공원을 산책하는 모습과 귀족원 청문회에서 안절부절못하는 브로엄의 모습을 엿본다. 하원에서는 필이 장황한 연설을 늘어놓고 있다(의원석에선 아일랜드 의원들이 벌써 훼방을 놓는 중이다). 우리는 헤이마켓으로 자리를 옮겨 제니 린드의 노래에 귀 기울이고 강을 따라 내려가 그리니치 축제에 참석하여 '리처드슨 씨의 공연'을 관람한다. 그로부터 수년 후에 도일은 다시 이 매력적인 주제로 돌아와서 초창기의 『콘힐 매거진Cornhill Magazine』에 「사회의 조감도 Bird's Eye Views of Society」를 발표했다. 그러나 한층 정교해진 이 작품에는 초기 작품만큼의 행운이 따르지 않았다. '핍스 씨의 그림 연대기'와 「사회의 조감도」의 관계는 흡사 크룩섄크가 젊은 시절 대강 작업했던 그림 형제의 『고블린』과 노년에 공들여 완성한 『절제의 동화Temperance Fairy Tales』 간의 관계를 보는 듯하다. 과거의 성공을 재현하려는 시도는 너무나 위험하도다! 하지만 「사회의 조감도」는 이 예술가가 그려낸 가장 유쾌하고 뛰어난 머리글자들을 수록하고 있다.

　『펀치』를 위해 그린 「브라운과 존스, 로빈슨의 해외여행The Foreign Tour of Brown, Jones, and Robinson」도 이 화가

161　당시 영국의 정치가였다.

의 뛰어난 재능을 잘 보여주는 또 다른 예다. 도일의 가장 유명한 작품으로는 윌리엄 새커리의 『뉴컴 일가The Newcomes』가 있는데, 이 작품에서 도일의 풍자와 상상력은 소설의 내용과 완벽하게 맞아떨어진다. 또한 도일은 로커 램슨의 유명한 『런던 서정시London Lyrics』와 존 러스킨의 『황금 강의 왕King of the Golden River』, 그리고 휴스의 『백마 씻기기Scouring of the White Horse』에도 삽화를 그렸다. 이 장의 시작에 수록된 머리글자는 바로 이 『백마 씻기기』에서 빌려 쓴 것이다.[162] 도일의 마지막 주요 작품은 『요정의 나라에서In Fairy Land』라는 제목의 그림들로, 여기에 윌리엄 앨링엄이 시를 붙여 발표되었다.

『뉴컴 일가』 이야기가 나왔으니, 이 책의 저명한 저자 본인도 『펀치』에 그림을 기고하던 화가였다는 사실을 떠올려볼 필요가 있다. 만일 "갈라지지 않고 복원할 필요가 없는 색만 칠해야 한다"라는 등 이런저런 잔소리를 듣지 않았더라면, 새커리는 화가로만 활동했을지도 모른다. 그가 『픽윅 클럽 여행기』에서 거절당한 이야기는 누구나 알고 있다. 더불어 다른 작품들에서도 퇴짜를 맞자 새커리는 그림을 영원히 포기하고 글로 돌아섰다. 그

---

162   본문 195쪽에 수록되어 있다.

러나 세상을 떠나기 전에 새커리는 다시 애정이 어려 있는 연필을 손에 쥐었다. 기술적인 측면으로 보자면 새커리의 솜씨에는 분명함과 힘이 없었다. 또한 그는 의상이나 배경에 도통 관심이 없었다. 그의 재능은 제대로 작품을 마무리하기에는 너무 독창적이었으며 휘발성도 컸다―또한 너무 산만했을지도 모른다. 그러나 『허영의 시장』이나 『펜더니스 이야기The History of Pendennis』 『버지니아인The Virginians』 『장미와 반지』와 크리스마스 책들, 그리고 사후에 출간된 『핌리코의 고아Orphan of Pimlico』를 위해 그린 새커리의 스케치에는 때론 정확한 그림보다 훨씬 더 중요한, 즉흥적인 생동감과 글에 어울리는 암시가 담겨 있다. 새커리는 이런 묘사의 힘을 통해 거의 사진을 찍듯이 장면을 재현해냈다.

『펜더니스 이야기』에서 무도회가 끝난 새벽 중 기어나오다시피 곤트하우스Gaunt House를 나서는, 피곤에 찌든 소령의 그림을 보자. 그리고 아무도 흉내 낼 수 없을 문장의 표현에 귀 기울여보자. "누구보다도 존경스럽고 헌신적인 소령의 모습을 보라! 벌써 몇 시간 동안이나 클레이버링 부인 옆에 있으면서 입에는 맛 좋은 음식을 먹여주고 귀에는 달콤한 아첨의 말을 늘어놓으며 부인의 시중을 들어주고 나오는구나. 오, 도대체 이게 무슨 꼴이냐! 눈두덩 주위에 짙은 갈색 고리를 둘렀구나! 마치 클레이버링 부인과 블랑슈가 하나씩 먹었던 물떼새 알 같구나! 그 늙은 얼굴의 주름은 깊은 상처처럼 패였다네. 마치 초로의 아침 이슬처럼 까칠하게 자란 하얀 수염은 턱 주변에서 반짝이는데 염색한 구레나룻은 힘없이 축 처져 곱슬한 윤기를 잃었구나." 이런 묘사의 많은 부분을 ―특히 고딕체로 표시해놓은, 멋들어진 솜씨로 표현된 부분을 ―흑백의 그림으로 옮겨내기란 도저히 무리일 것이다. 그럼에도 이 그림 속에는 얼마나 많은 것이 나타나 있는가! 전체적인 느낌이 얼마나 잘 전해지는가! 우리는 글을 읽다가 목판화로 눈을 돌리고 다시 목판화에서 글로 눈을 돌리면서 점점 커져가는 만족감에 젖는다. 한편 새커리가 그린 작은 머리글자들은 재미있고 장난스러운 매력을 풍긴다. 이 머리글자들은 수줍은 듯한 태도로 저자의 생각을 살짝 귀띔해주며, 책을 더 잘 이해할 수 있도록 돕는 듯하다. 이 거장의 손끝이 휘갈긴 낙서나 멋을 부린 글씨 하나하나까지, 사랑하는 이들에게 이 작지만 값을 매길 수 없는 유산의 가치는 냉담한 예술계와 학계의 평가를 훌쩍 뛰어넘는다.

　도일과 새커리 다음으로는 우리에게 잘 알려진 두 명의 삽화가가 등장한다. 바로 존 리치와 존 테니얼이다.

존 테니얼은 아직도 생존하여 우리에게 기쁨과 가르침을 주고 있다(부디 그가 장수하기를!). 재치 있는 농담의 가치를 알고 또 좋아하는 가정이라면 한 권씩은 가지고 있을, 존 리치의 다정하면서도 남자다운 『삶과 인물의 그림Pictures of Life and Character』에 대해선 굳이 이야기할 필요도 없을 것이다. 어느 누가 나른하고 멋진 귀족들과, 반짝이는 눈에 장밋빛 볼을 지닌 중절모자와 후프 스커트 차림의 소녀들("이들에게 허튼소리란 없다!"), 그리고 과장된 '제복 하인들', 털투성이 '모수Mossoos', 또한 그 친절한 창조주조차 질색하는, 음악을 연주하는 이탈리아 무법자들을 기억하지 못하겠는가? 『브릭스 씨Mr. Briggs』의 대담성, 『가장Paterfamilias』의 로마법, 『신세대Rising Generation』의 엉뚱한 짓거리는 또 어떤가?

리치의 그림에는 극단적인 인간 혐오자들도 웃음을 터트리게 만드는 무언가가 있다. 이 그림들에는 도무지 저항할 수가 없다. 아무나 붙잡고 리치가 그린 작은 작품을 보여주자. 욕조에 뜨거운 물을 틀어놓고는 수도꼭지를 다시 잠그지 못해 쩔쩔매는 불운한 이의 그림을 보고 웃음을 참을 수 있는 사람이 과연 있을까? 순간적인 기쁨을 이토록 잘 구사하는 화가로서 존 리치는 거의 유일하다고 해도 좋다. 리치의 작품이나 솜씨에 대해

뭐라고 하는 사람은 있을지 모르지만 순수한 재미라는 차원에서, 그리고 완전히 우스운 상황을 만들어내는 능력에 있어 리치는—크룩섕크를 제외하고는—타의 추종을 불허한다.

리치는 디킨스의 크리스마스 책 몇 권에도 삽화를 그렸지만, 그의 가장 잘 알려진 작품은 역시 『톰 아저씨의 오두막』과 아베킷의 『희극의 역사Comic Histories』 『아일랜드로의 짧은 여행Little Tour in Ireland』, 그리고 지금은 고인이 된 서티스의 모험 소설 몇 권에 그린 삽화들이다. 한편 현재 테니얼은 자신의 이름을 크게 내건 주간지의 만화 작업에만 몰두하고 있다. 그러나 몇 년 전만 해도 테니얼은 가장 우아하면서도 기발한 머리글자를 그리는 화가였다. 테니얼의 작품을 좋아하는 이들 중 대다수는 정확하게 그려졌으나 이따금 딱딱하게 느껴지는 만화보다는 『펀치 포켓북Punch's Pocket-Book』이나 『이상한 나라의 앨리스』 『거울 나라의 앨리스』에 수록된 진지하면서도 기괴한 그림들을 더 좋아한다. 『이상한 나라의 앨리스』에 나오는 「미친 티파티」 장면보다 유쾌한 것이 또 어디 있단 말인가! 삼월 토끼의 엉망진창으로 심란해진 표정을 보라. 모자 장수는 열의로 넘치면서도 어딘가 모순적인 표정을 짓고 있다! 조금만 있으면 이 둘

「미친 티파티」, 『이상한 나라의 앨리스』(1865)에서,
존 테니얼 그림, 돌지엘 형제 새김.

은 주머니쥐를 찻주전자에 넣으려 할 것이다. 책장을 몇
장 넘기면 파란 애벌레가 버섯 머리 위에 앉아 물담배를
피우는 장면이 나온다. 정확한 정보에 따르면 애벌레의
키는 딱 3인치밖에 되지 않는다. 그러나 이 얼마나 위엄
있는 모습이란 말인가! 그 나긋나긋한 몸가짐은 어찌나
동양적인가!

동물 이야기가 나왔으니 말인데, 우리는 테니얼이 동
물 그림의 대가란 사실을 잊어서는 안 된다. 특히 테니
얼이 그린 「영국의 사자British Lion」는 가장 인상적인 네

「검정 아기 고양이」, 『거울 나라의 앨리스』(1871)에서
존 테니얼 그림, 돌지엘 형제 새김.

발 동물이다. 이 그림은 이미 이곳저곳에서 여러 번 소
개되었으므로, 그 아름다운 존재감의 본보기를 보자고
구태여 인디언 폭동을 다룬 유명한 만화까지 찾아볼 필
요는 없을 테다. 여기서는 그보다 좀더 작은 고양잇과
동물을 다룬 테니얼의 그림, 즉 『거울 나라의 앨리스』에
등장하는 매력적인 아기고양이 그림을 소개한다.

　테니얼은 리치와 좀더 젊은 '펀치' 학파 예술가들을 이
어주는 연결 고리 역할을 한다. 좀더 젊은 '펀치' 학파의

가장 유명한 인물로는 조지 듀모리에, 에드워드 린리 샘번, 찰스 킨이 있다. 이 중 듀모리에의 인기는 거의 리치에 필적하며 특히 교양 있는 독자층에게서는 오히려 리치보다 훨씬 더 큰 사랑을 받고 있다. 듀모리에는 온갖 종류의 사기와 허세, 뻔한 겉치레를 가차 없이 비판하는 새커리형의 날카로운 풍자화가는 아니다. 그러나 그는 구성과 기량이 뛰어난 화가로서, '사회'—주교와 '직업미인' '탐미주의자', 벼락부자, 유명한 외국인 등—를 묘사하는 데 뛰어난 솜씨를 보인다. 한편 듀모리에는 이따금(자주는 아니지만) 그리려고만 하면 가장 낮은 하층계급을 묘사하는 데도 절묘한 솜씨를 발휘할 수 있다. 얼마 전 『펀치』에 실린 술집을 그린 그림 한 점이 이 점을 확실히 증명했다.

어디서든 불평할 거리를 찾지 않고는 배기지 못하는 이들은 듀모리에에게 다양함이 부족하다고, 가령 여성적인 아름다움을 그릴 때면 정형화된 양식만을 고수한다고 말한다. 하지만 「가정에서At Homes」나 「음악회Musical Parties」 같은 그림에 등장하는 전형적인 '사교계'의 얼굴들을 자세히 살펴보는 수고를 감수한다면, 그가 그린 여성들의 얼굴이 실제로는 아주 미묘하게 다르며 대조적으로 보인다는 사실을 발견할 수 있다. 좋은 일례로서

「과거의 음악」, 『펀치 연감』(1877)에서
조지 듀모리에 그림, 스웨인 새김.

자신의 작곡에 '눈물을 흘리는' 예민한 독일 음악가 주위에서 예의 바르게 동정을 표하는 사람들의 표정을 살펴보자. 아니면 열정적으로 "나-아-아-아-아-를 다시 한번 만나주오"라고 노래를 부르는 테너를 둘러싸고 즐거워하는 이들의 키득거림을 따라가보자. 이 테너가 얼마나 열정적으로 노래를 불렀던지, 동네 고양이는 그의 노랫소리를 다른 고양이가 영역을 표시하려 내는 울음소리로 착각하고 있다. 물론 듀모리에가 그리는 여성의 양식이 계속해서 반복된다는 점은 인정할 수도 있다. 그러나 그 양식은 아주 세련되고 우아한 한편 매력적이기까지 하다. 그림보다 못한 현실에 부딪혀야 하는 상황에서는 듀모리에가 그린 여성상처럼 매력적인 본보기를 눈앞에 갖고 있는 편이 더 좋을 테다.

듀모리에는 많은 작품을 그린 삽화가로, 『콘힐 매거진』을 비롯한 여러 곳에서 그의 작품을 자주 찾아볼 수 있다. 듀모리에의 가장 훌륭한 삽화작품은 더글러스 제럴드의 『깃털 이야기The Story of a Feather』와 새커리의 『이야기 시Ballads』, 그리고 커다란 판본으로 출간된 『잉골즈비 전설Ingoldsby Legends』에 수록되어 있다. 『잉골즈비 전설』의 삽화 작업에는 리치와 테니얼, 크룩섕크도 참여했다. 여기에 수록된 듀모리에의 가장 아름다운 작품 중 하나는 1877년에 출간된 『펀치 연감Punch's Almanack』에서 발췌하여 복제한 것이다.

듀모리에의 동료인 린리 샘번의 재능은 독특하다고 표현될 수 있다. 고 찰스 헨리 베넷의 좀더 교묘한 작품을 제외하면, 샘번의 재능은 다른 그 무엇과도 비교하기 어렵다. 다만 그림을 그려내는 솜씨에서는 샘번이 베넷보다 훨씬 더 월등한데, 이 재능 있는 예술가의 상상 속에서 모든 사물은 일련의 기발한 장식을 지닌 채 나타나는 듯 보인다. 기발한 장식들은 그야말로 무궁무진하여 독자가 그 풍성함에 압도될 지경이다. 샘번의 그림을 다시 볼 때마다 우리는 전에 보지 못했거나 전혀 예상

「사자와 욕조」, 『펀치 포켓북』(1879)에서,
린리 샘번 그림, 스웨인 새김.

치 못한 부분을 재발견하게 된다. 잠시 1875년에 발표된 그 유명한 「깃털의 새Birds of a Feather」를 감상해보라. 아니면 1877년의 경쟁 상대였던 그로스버너갤러리와 왕립미술원을 기발하게 풍자한 그림을 감상해보라. 이 그림에서 왕립미술원의 원장은 가장 자부심 높은 공작새로 표현되었다. 공작새 꼬리에 달린 눈 무늬는 왕립미술원 회원들의 초상화로 장식되었으며 몸의 깃털은 그림 붓과 입장료로 받는 실링으로 표현됐다.

샘번은 유명한 그림의 개작에도 능하다. 샘번이 다시 그린 에르만의 「한 차례의 논쟁À Bout d'Arguments」이나 「좋은 역사Une Bonne Histoire」는 잘 그린 패러디 이상의 작품이다. 샘번이 책에 그린 삽화는 상대적으로 많지 않지만, 그가 버넌드의 익살스러운 풍자극 『샌드퍼드와 머턴The History of Sandford and Merton』에 그린 삽화는 그야말로 최고의 걸작이라 할 수 있다. 소문에 따르면 샘번은 그의 연필을 위해 창조된 작품이라 해도 과언이 아닌, 찰스 킹즐리의 『물의 아이들Water Babies』에 들어갈 삽화를 작업하는 중이라고 한다. 또 한 가지 덧붙이자면, 샘번의 재능이 현재 활약하는 분야에만 머물지는 않을 것이란 예측을 뒷받침하는 여러 조짐이 나타나고 있다. 미래에 샘번이 만화가로서 높은 지위에 오르지 못할 이유도 없을 것이다.

최근 찰스 킨이 그린 그림 선집이 『우리의 사람들Our People』이라는 제목으로 출간되었다. 중산층과 군인, 시골뜨기의 묘사에서 찰스 킨과 경쟁할 만한 상대는 없다. 자원병과 산파, 스코틀랜드인, 해변 도시에서 보이는 '고대의 뱃사람'을 이토록 익살스러우면서도 신빙성 있게 그려낼 수 있는 사람은 오로지 킨뿐이다. 스위벌러[163]의 완곡한 어법을 빌려 표현하자면 그 눈에 "태양이 너무나 강하게 비치는" 저명인사들 또한 킨의 그림 안에서라면 자신의 "유쾌한 악덕"에 대한 가차 없는 풍자를 발견하게 될 것이다. 또한 킨은 리치와 마찬가지로 손을 얼마 대지 않고도 배경을 훌륭하게 묘사하는 놀라운 재능을 갖고 있다. 킨이 삽화를 그리는 매체는 주로 잡지와 소설에 한정되어 있다. 한번 『주간지』에 실린 이후 찰스 리즈가 다듬어 『수도원과 가정Cloister and the Hearth』으로 재탄생시킨 이야기인 『건투Good Fight』의 삽화는 킨의 초기 작품을 보여주는 훌륭한 사례다. 그림 중 난쟁이가 등불을 걸머지고 벽을 기어 올라가는 장면은 아마도 수많은 이에게 기억될 것이다.

---

163   디킨스가 쓴 『오래된 골동품 상점』의 등장인물이다.

'펀치'학파 이후에는 그보다 덜 유명한 삽화가들이 등장한다. W. S. 길버트는 본인 외에는 누구도 흉내 낼 수 없는 저서 『밥 발라드Bab Ballads』에 그린 삽화를 통해 그 별난 내용에 상당히 잘 맞아떨어지는, 삐딱한 해학을 표현하고 있다. 비범한 재능을 아직 충분히 인정받지 못한 F. 바너드는 개성 강한 인물의 특정한 모습을 표현하는 명수로서, 찰스 그린과 더불어 『가정판 디킨스Household Edition』[164]에 훌륭한 그림 몇 점을 실었다. 최근 습작인 『영국의 장인British Tradesman』과 『노동자Workman』를 재출간한 설리번은 주로 『펀Fun』지에서 활동하는 화가다. 설리번의 그림에는 희극적인 힘이 풍부하지만, 그는 지금까지 삽화 작업에 거의 손을 대지 않았다. 시각적인 영상을 상세하게 기억해두었다가 적절할 때 꺼내 쓰는 설리번의 예술적인 기억력은 살라[165]의 문학적 기억력에 비견될 만하다. 몇 년 전만 해도 (『윌 오 더 위스프Will o' the Wisp』의) 만화가로서 존 테니얼에 필적하는 성과를 보여주려는 듯싶던 존 프록터는 현재 이 방면에서 그리 많은 활동을 하지 않고 있다. 한편 『토마호크

---

164 디킨스의 사후인 1870년에 가정 소장용으로 출간된 디킨스 작품집이다.

165 설리번과 같은 시대에 활약했던 영국의 언론인이다.

Tomahawk』의 재치 있는 삽화가인 매튜 모건은 활동 무대를 미국으로 옮겼다. 지면의 한계로 인해 『주디Judy』의 부셰를 비롯한 여러 전문적인 풍자화가에 대해서는 이만 설명을 줄이겠다.

솜씨 있고 독창적인 현대 화가들의 재능을 끌어당긴 인기 많은 삽화 분야가 한 가지 더 남아 있다. 바로 어린이책의 삽화다. 멀레디가 『나비의 무도회와 메뚜기의 잔치Butterfly's Ball and the Grasshopper's Feast』와 『집에 있는 공작Peacock at Home』에 삽화를 그렸던 우리의 어린 시절부터 최근 새롭게 등장한 추종자들을 기쁘게 하기 위해 『어린이 연극Child's Play』을 재출간한, 블레이크다운 상상력을 유쾌하게 발휘하는 'E. V. B'(보일 부인)의 시대에 이르기까지, 어린이책 삽화는 언제나 인기도 일거리도 많은 분야였다. 근래에 이르러 이 분야는 순수 예술의 경지에 올라섰다. H. S. 마크스, J. D. 왓슨, 월터 크레인은 색채의 유려함과 장식의 아름다움을 통해 쉽사리 능가할 수 없는 어린이문학의 본보기를 만들어냈다.

이중에서도 월터 크레인의 자질은 그야말로 굉장하다. 풍경 목판화가로 활동을 시작한 크레인은 현재 주로 인물화에 전념하고 있다. 크레인은 손끝에 선천적으로 장식 미술을 달고 태어난 사람처럼 보인다. 『러키보

「소년과 해마」, E. 키어리의 『마법 계곡』(1877)에서,
E. V. B 그림, T. 쿼틀리 새김.

이 왕의 파티King Luckieboy's Party』는 장난감 책의 분야에
서 신의 계시와도 같은 작품이다. 한편 『아기의 오페라
The Baby's Opera』와 『아기의 꽃다발The Baby's Bouquet』은
작은 걸작petits chefs d'œuvre이라 할 만하다. 생각 있고 현
명한 수집가라면 자녀보다는 자신의 장서를 위해서 이
책들을 챙겨두려 할 것이다. 『먼디 부인의 집Mrs. Mundi at
Home』 또한 예스럽고 우아한 작품으로, 관심 있는 이라
면 그냥 넘길 수 없는 책이다[이 책의 아름다운 권두 삽화

또한 크레인의 작품이다.—원주].

케이트 그리너웨이의 『창문 아래에서Under the Window』
또한 이러한 범주에 넣어야 하는 작품이다. 스토서드 이
래 그 누구도 이토록 반짝이는 눈과 부드러운 표정을
지닌, 행복으로 가득한 어린 시절을 그려주지 않았다.
또한 어린이들의 수줍은 망설임, 순박함, 그 어린 진지
함을 이토록 시적으로 '이해해주지' 않았다. 그리너웨이
가 자신의 그림 속 인물에게 입히길 좋아하는 예스러운
옷차림은 어린이들의 순수한 관습과 의식에 장난스러운
흥미를 더해준다. 색조의 감각 또한 봄을 연상시키는 듯
아주 달콤하다. 마치 새로 만든 꽃다발처럼—아니, 그리
너웨이가 좋아하는 방식을 따라 비유하자면 "큰 꽃병"처
럼—그리너웨이의 모든 그림에서는 신선하고 순수한 향
기가 감돈다.

그러나 어린이문학의 삽화 분야에서 가장 최근에 등
장한 '뛰어난 천재'는 최고의 경지에 이르렀다고밖에 표
현할 수 없는 랜돌프 콜더컷이다. 콜더컷이 하는 모든
작업에는 자연스러운 재미와 강요하지 않는 창의력이
깃들어 있으며 여기서 나오는 즐거움은 그야말로 한이
없다. 다른 화가들은 독자를 즐겁게 해주려 그림을 그
리지만, 콜더컷은 자기 자신을 즐겁게 하고자 그림을 그

리는 듯 보인다. 이 점이 바로 그의 매력이다. 우리는 콜더컷이 '유쾌한 사냥꾼'[166]의 빰을 둥글게 부풀려 그리면서 분명 마음속으로 빙그레 미소를 지었으리라고 상상한다. 또한 『잭이 지은 집House that Jack Built』에 도무지 흉내 낼 수도 없는 솜씨로 자기만족에 빠진 개의 그림을 그릴 때나, 불후의 명작인 '유명한 런던 마을'의 '민병단 대위'의 모험[167]을 그리면서도 그는 분명 속으로 웃음을 터트렸으리라.

특히 이 마지막 작품은 콜더컷의 걸작이다. 저자인 쿠퍼 자신은 물론 오스틴 부인[168]도 이 그림을 봤다면 틀림없이 기뻐했을 것이다. 이 책의 마지막에 수록된 두 점의 그림은 유독 매력적이다. 한 그림에서는 기운 없이 축 늘어진 가엾은 존 길핀이 그를 측은하게 여기는 (그리고 몹시 매력적인) 베티의 도움을 받아 집 안으로 들어가고 있다. 다른 그림에서는 리큐어 한 잔에 기운을 회복한 길핀이 슬리퍼까지 챙겨 신고는 그 용감한 가슴에 안긴 '아내'의 들썩이는 어깨 너머로 관중을 향해 고 벽

---

166 영국 전래동요인 「세 사냥꾼」을 각색하여 만든 그림책이자 콜더컷의 대표작인 『세 명의 유쾌한 사냥꾼』의 등장인물이다.
167 윌리엄 쿠퍼가 쓴 시집 『존 길핀의 유쾌한 이야기』에 등장하는 장면이다. 콜더컷이 삽화를 그렸다.
168 윌리엄 쿠퍼에게 영감을 주던 여성으로 『존 길핀의 유쾌한 이야기』 또한 오스틴 부인의 이야기에서 탄생했다고 알려져 있다.

스턴[169]에 버금가는 윙크를 보내며 자신감을 뽐내고 있다. 오늘날 우리 앞에 등장한 이 그림들만큼 진실하면서도 마음속에서부터 우스운 작품은 찾아보기 어려울 것이다. 콜더컷이 그리는 그림에는 어떤 한계도 없다. 그는 감탄스러울 정도로 멋지게 인간의 본성을 표현해내는가 하면, 동물이나 풍경 또한 마찬가지로 훌륭하게 그려낸다. 누구나 콜더컷을 아낌없이 칭찬할 수밖에 없다. 비록 어린이책은 아니지만 콜더컷이 삽화를 그린 『브레이스브리지 홀Bracebridge Hall』과 『공현축일Old Christmas』은 삽화가와 작가 사이에 완벽한 교감이 이루어진 이상적인 아름다움에 가장 근접한 작품으로 소개되어야 한다. 여기서 소개한 삽화가 바로 『브레이스브리지 홀』에서 발췌한 것이다.

앞서 소개한 삽화책 중 대다수는 여러 공정을 통해 색을 입혀 인쇄한 책으로, 목판화가 아닌 것도 많다. 그러나 현대 목판화에 대한 이야기를 마치기 전에 '신미국학파'라고 불리는 삽화가들에 대해 몇 가지만 간단히 이야기하려 한다. 이들은 대부분 『스크리브너Scribner's』를 비롯하여 대서양 너머에서 출간되는 잡지에서 활동하는

---

169   당시 영국의 배우이다.

「사랑의 마법」, 어빙의 『브레이스브리지 홀』(1876)에서,
랜돌프 콜더컷 그림, J. D. 쿠퍼 새김.

중이다. 알려진 바에 따르면 판화 전문가들은 이 삽화가
들의 작품에 고개를 저으면서 작은 목소리로 '그 그림은
훌륭하기는 하지만 판화라곤 할 수 없다'고 말한다. 물론 '예
술 지식이 없는' 사람이 위험을 무릅쓰고 한창 논쟁 중에
인 문제를 건드리는 것은 주제넘은 일일 것이다. 그러나
외부인의 시선으로 봤을 때, 불평불만이 쏟아지는 주요
원인은 새내기들이 이제껏 전해진 규칙에 따라 게임을
하지 않으려는 데 있는 듯하다. 그리고 이런 변칙적인 방

식(으로 추정되는) 때문에 예술가로서 목판공의 입지가 줄어들 가능성이 높다는 점도 분명해 보인다. 그러나 공정하게 말하면, 이 주장이 진실인지 거짓인지의 여부는 적어도 대중이 상관할 바는 아니다. 대중이 품는 의문은 오로지 단 하나의 단순한 질문, 그래서 그 결과로 무엇을 얻었는가이다.

새로운 학파의 방식을 따르면 사진의 도움을 크게 활용하면서 목판에 그림을 그리는 지루한 작업을 상당 부분 생략할 수 있게 된다. 또한 화가는 그림을 그리는 재료를—유화물감이든, 수채물감이든, 잉크든—마음대로 선택할 수 있고 나무 위로 재료 특유의 특징을 재현하는 데에만 신경을 쓸 수 있게 된다. 물론 이는 목판화가 뷰익의 방식에서 벗어나게 된다는 뜻이다. 그러나 뷰익이라고 해도 지금의 세상에서 자기 방식을 고수하기만 했을까? 뷰익은 마지막 순간까지 새로운 방식을 찾으려고 노력하던 사람이다. 독자가 바라는 바는 목판공의 개입과 해석을 가능한 한 줄이고 화가 자신의 의도에 좀 더 가깝게 다가서는 일이다. 가령 동판화를 복제할 경우, 독자는 전통적인 목판화 방식을 고수하며 옮겨낸 해석본보다는 가능한 한 원본과 똑같은 복제본을 더 선호할 것이다.

일례로 1880년의 『스크리브너 매거진Scribner's Maga-
zine』[170]에 수록된 블레이크의 「죽음의 문Death's Door」을
찾아보자. 이는 스키아보네티가 새긴 원본을 목판으로
복제한 작품이다. 아니면 이 책 206쪽에 실린, 같은 작
품에서 발췌한 복제본을 찾아보자. 이 그림들에서는 원
작인 동판의 선이 나무라는 재료가 허락하는 한에서
아주 충실하게 옮겨져 있다. 사정이 이러할진대 이제 고
작 몇 펜스만으로 블레이크와 크룩섄크, 휘슬러의 복제
화를 가질 수 있게 된 대중이 '신미국학파'에 호의적인
평가를 내린다 해도 그리 이상한 일은 아니다.

또한 '신미국학파'의 성공은 복제화의 제작에만 있지
않다. 같은 잡지에 수록된 『타일 클럽Tile Club at Play』이
나, 페이슨 로의 『작은 과일로 성공하기Success with Small
Fruits』, 해리스의 『채소에 해로운 곤충Some of the Insects
Injurious to Vegetation』에 실린 정교한 삽화를 본 이들이라
면―최근 간행된 『포트폴리오Portfolios』에 수록된 그림
들은 말할 것도 없고―이 새내기들이 이전 선배들이 지
나간 적이 있는 모든 분야에서 확고하게 자리 잡으리라
는 것을 알게 될 것이다[이 글을 쓴 이후 『스크리브너』에

---

170   『스크리브너 월간지Scribner's Monthly』의 오기인 듯 보인다. 이 책
       이 출간될 당시 『스크리브너 매거진』은 아직 창간되지 않았다.

수록된 삽화를 다룬, J. 코민스가 쓴 흥미로운 논문이 『예술 L'Art』지에 실렸다.─원주].

그간 동판화와 목판화를 제외하고도 다양한 방식이 삽화를 제작하기 위해 활용되어왔으며 지금도 사용되고 있다. 다만 짧은 지면상 그 방법을 일일이 소개하기는 어렵다. 그래도 몇 가지 사례를 들자면, 한때 높은 인기를 끌었던 석판화는 로버츠가 삽화를 그린 『신성한 땅Holy Land』 등의 작품에서 대단히 효과적으로 활용됐다. '에칭클럽Etching Club'[171]은 1841년에서 1852년 무렵 에칭판화를 수록한 책을 여러 권 출간했다. '피즈'와 크룩섕크 또한 대부분 작품을 에칭바늘로 작업했다. 지금까지 지켜본 바에 따르면 로버트 해머턴과 시모어 헤이든, 제임스 휘슬러가 현대 에칭화에 활력을 불어넣은 덕분에 삽화로서의 에칭화가 부활하게 될 가능성도 충분하다.

이미 얼마 전부터 『예술』과 『포트폴리오』『에칭화가 Etcher』 등의 잡지는 아름다운 에칭화들을 선보이고 있다. 처음부터 끝까지 에칭화로만 삽화가 그려진 (벨 스콧의) 시집도 한 권 등장했다. 이전 시대의 판화와 지도, 그

---

171 19세기의 예술 단체로 여러 작가의 작품에 삽화를 그려 출간했다.

림 등을 복제하는 데 있어서 아망 뒤랑이나 활판술 에칭, 오토타이프 회사들이 만들어내는 복제화보다 더 원본에 가까운 작품은 없을 것이라 단언해도 좋다. 그러나 이런 여러 방법이 '신 미국 학파'처럼 목판화와 상업적으로 경쟁할 수 있게 되기 전까지는 앞으로 더욱 큰 발전이 이루어져야 할 것이다.

누군가는 말했다지,
"수많은 책을 만드는 일에는
끝이란 있을 수 없도다."
끝없이 흘러내리는 잉크는 계속해서 흐르고 있지만
그래도 우리는 솔로몬의 단어를 샅샅이 살펴야 하노라.
지금 여기 판권지에 도달했으니
음울하고 어두운 런던 시내에서
천팔백팔십일 년이라는 해에
클라크의 인쇄소에서 다시 찍어내노라.

오스틴 돕슨

찾아보기

책 사냥꾼의 도서관

1판 1쇄 2023년 12월 13일
1판 2쇄 2024년 6월 7일

지은이 앤드루 랭 오스틴 돕슨
옮긴이 지여울
펴낸이 강성민
편집장 이은혜
편집 함윤이 진상원
마케팅 정민호 박치우 한민아 이민경 박진희 정유선 황승현
브랜딩 함유지 함근아 고보미 박민재 김희숙 박다솔 조다현 정승민 배진성
제작 강신은 김동욱 이순호

펴낸곳 ㈜글항아리 | 출판등록 2009년 1월 19일 제406-2009-000002호
주소 10881 경기도 파주시 심학산로 10 3층
전자우편 bookpot@hanmail.net
전화번호 031-955-2689(마케팅) 031-941-5160(편집부)
팩스 031-941-5163

ISBN 979-11-6909-175-6 03800

www.geulhangari.com